Mathias Koch

Die Alpen-Etrusker

Anatiposi

Mathias Koch

Die Alpen-Etrusker

Unveränderter Nachdruck der Originalausgabe von 1853.

1. Auflage 2023 | ISBN: 978-3-38204-346-9

Anatiposi Verlag ist ein Imprint der Outlook Verlagsgesellschaft mbH.

Verlag: Outlook Verlag GmbH, Zeilweg 44, 60439 Frankfurt, Deutschland
Vertretungsberechtigt: E. Roepke, Zeilweg 44, 60439 Frankfurt, Deutschland
Druck: Books on Demand GmbH, In de Tarpen 42, 22848 Norderstedt, Deutschland

DIE

ALPEN-ETRUSKER.

VON

M. KOCH.

LEIPZIG,
DYK'SCHE BUCHHANDLUNG.
1853.

EINLEITUNG.

Geschichtschreiber und Antiquare haben den Tirolern in den Kopf gesetzt, ihr Ländchen sei der Ursitz der Etrusker gewesen und diese seien unter dem Namen Rasener in die lombardische Ebene hinabgestiegen und dort Gründer des in ältester Zeit grossen etruskischen Staates geworden.

Auf den ersten Blick mag dieser Irrthum harmlos zu sein scheinen, weil die Wissenschaft eben nicht selten alten wie neuen Völkern falsche Stammbäume ohne andere Folgen lieferte, als dass die Nationaleitelkeit einige Zeit hindurch damit gehätschelt wurde. Allein in Tirol, wo gewisse Erscheinungen, die anderwärts ganz unbeachtet bleiben und wie Schatten vorübergleiten, unerwartet einen festen Boden gewinnen, stellte sich in der jüngsten bewegten Zeit heraus, dass die Abstammungsfrage im wälschen Süden dieses Landes nicht auf die Studierstube der Gelehrten sich beschränke, sondern als festgewurzelte Ueberzeugung, dieser Landestheil gehöre, als ursprünglicher Wohnsitz des etruskischen Volkes, nicht zu Deutschland, tief ins Volk gedrungen sei, und dem Vereinigungs-Anspruche mit Italien eben so wesentlich, wie die dort einheimische italienische Sprache, zum historischen Rechtsgrund der Trennung von Deutschland gedient habe.

Die Wendung, welche diese rein wissenschaftliche Frage nahm, wurde vollends bedenklich, als die Diplomaten im Jahre 1848 den unverantwortlichen Verzicht auf die Lombardei verhandelten, denn

1

jetzt traten die Italiener mit der unverschämten Forderung hervor, Tirol bis zum Brenner abzutreten. Obgleich zuletzt das Schwert die gefährdete deutsche Südgränze wahrte, so droht dieser doch durch das Vordringen der italienischen Sprache in Deutschtirol immerfort eine Gefahr, gegen welche mit der materiellen Gewalt nichts auszurichten ist, während in Aussicht steht, dass auf dem Wege der Ausrottung der deutschen Sprache eine Entziehung des deutschen Gebiets bis an den Brenner dann um so gewisser erfolgt, wenn die Schicksalswürfel das in den Annalen Oesterreichs nie dagewesene Jahr 1848 erneuern sollten.

Man war zu glauben berechtigt, dass die Deutschtiroler, wenn nicht vom allgemeinen deutschen Interesse, so doch vom speciellen ihres Landes, zur Bekämpfung des bezeichneten Irrthums durch die Wissenschaft, die ihm Eingang verschafft hatte, mächtig sich angeregt fühlen, auch nebenbei bedacht sein würden, das deutsche Element gegen den schlau berechneten und gewandt durchgeführten Zerstörungsplan der Wälschtiroler zu schützen.

Diese Erwartung, bei welcher sich ein Aufgebot aller Wissenschaftskräfte, gleich dem aller Waffenkräfte im Jahre 1809, voraussetzen liess, ist nicht allein unerfüllt geblieben, sondern wir haben es auch erlebt, dass der Privatdocent Kink in seinen (1850 zu Innsbruck gedruckten) „Akademischen Vorlesungen über die Geschichte Tirols" diesen Irrthum öffentlich lehrte. Geärgert von diesem Vorgange, zumal dieser Schriftsteller sich bei seiner Beweisführung für die Identität der Rasener und Rätier auf den unechten Berosus, dann auf das fälschlich für etruskisch ausgegebene Mithras-Denkmal und auf Strubs Ortsnamen-Analyse berief, den Trogus Lügen strafte, Celten in Rätien wegläugnete, kurz ganz mit wälschtirolischen Behelfen gearbeitet hatte, erstattete ich der historischen Klasse der Akademie der Wissenschaften über Kink's Parteischrift Bericht, und benützte einen hierauf gehaltenen öffentlichen Vortrag zur Antragstellung: „Die k. k. Akademie der Wissen-„schaften wolle über den gefährdeten Zustand unserer Sprache und „Nationalität im tirolischen Süden vorläufig Erkundigung einziehen „und später über die etwa nöthigen und zweckdienlichen Abhilf-„mittel berathen." Der Wortlaut dieses Antrages legt vor Augen, dass damit eben das verlangt wurde, was die Akademie bei ihrem Entstehen sich selbst zur obersten Aufgabe gemacht haben musste, nämlich Erhaltung und Pflege der deutschen Sprache, und dass, wofern sie nicht einem reinen Mechanismus verfallen soll, wissenschaftliche Fragen und Bedürfnisse der Gegenwart nicht von der Hand gewiesen werden dürfen. Weit entfernt, diese Anschauung zu theilen, erhob sich gerade gegen sie eine heftige Opposition, deren Stimmführer, die H.H. Karajan, Diemer und Wolf, in diesem Antrag ein mit der Bestimmung der Akademie unvereinbares Zuschaffenmachen mit politischen Angelegenheiten, eine Störung des nationalen Gleichberechtigungsprincips u. dgl. m. heraussuchten und ihn fallen machten, obgleich mehrere wohlgesinnte Mitglieder ihn sehr beifällig aufgenommen hatten. Inzwischen begnügten die genannten Gegner sich nicht mit Beseitigung einer Folgegebung dieses Antrages, sondern sie strebten selbst den Druck des darüber gehaltenen Vortrags, so wie des Berichts über Kink's Irrthümer, zu hintertreiben. Dies gelang jedoch nicht, sondern beide sind in eine Abhandlung verschmolzen unter dem Titel: „Kritische Beiträge zur Geschichte und Alterthumskunde Tirols" in den akadem. Sitzungsberichten des Jahres 1850 gedruckt.

Da ich bei der Akademie mit dem wohlgemeinten Streben, der deutschen Sache in Tirol zu dienen, nichts ausgerichtet hatte, auch eine vorangegangene Anregung in der „Reise in Tirol," Karlsruhe, 1846, von der vormärzlichen Regierung unberücksichtigt geblieben war, so vermochte ich jetzt nur noch die eine Seite des ganzen leidigen Verhältnisses, nämlich die Abstammungsfrage, zu behandeln. Dies ist in der dem Publikum hiermit übergebenen Schrift mit gänzlichem Absehen vom Zusammenhange mit der Politik, wohin sie ausgeschlagen hat, geschehen; denn ist der Ungrund dieser Frage auf wissenschaftlichem Wege dargethan, so fällt der von ihr hergeleitete historische Rechtsgrund zur Vereinigung mit Italien, welchen die Wälschtiroler im Jahre 1848 in der deutschen Nationalversammlung geltend machten, von selbst, und jene Deutschen und Tiroler, welche mit ihren falschen oder ausschweifenden Ansichten dem Trennungsgelüste der Wälschtiroler bisher in die Hände gearbeitet haben, dürften der erfolglosen Mühe, länger gegen die Wahrheit anzukämpfen, zuletzt wohl auch sich enthoben fühlen.

Was also mit dieser Schrift bezweckt wird, hat eine doppelte Seite. Es soll damit einem festgewurzelten, vom Ansehen so grosser Gelehrter wie Niebuhr und O. Müller unterstützten Irrthume der Geschichtswissenschaft begegnet, und, wofern dies gelingt, dem nationalen Interesse dadurch gedient werden. Es war des Oesterreichers Pflicht, an diese Aufgabe zu gehen, weil sie zunächst in seinen Wirkungskreis fällt, und er am besten die Folgen des gänzlichen Schweigens in der tirolischen Sprach- und Abstammungsfrage bemessen kann. Nützte das Reden nichts, so wäre doch dem Genüge geschehen, was zu geschehen hatte.

M. Koch.

Die geschichtliche Darstellung der Etrusker in den Alpen ist von dem Verständnisse des wahren Sachverhalts mit den Etruskern der Ebene (Italiens) bedingt. Wir beginnen also mit diesen.

Herrschendes und besitzendes Volk der Strecken von den Po-mündungen bis Ancona, oder vom adriatischen bis zum tyrrhenischen Meere, waren in der Urzeit die Umbrer, doch gewannen eingewan-derte thessalische und epirotische Pelasger schon frühzeitig Aus-breitung in ganz Italien, und gaben nicht nur dem Süden dieses Landes einen grossen Theil der Bevölkerung, sondern besetzten auch den Küstenstrich vom Aternus bis zum Padus, und nahmen Etrurien ein. Die Pelasger entrissen theils den Umbrern Städte wie z. B. Kroton, theils erbauten sie selbst mehrere. Sie besassen deren viele, namentlich: Agylla, Pisa, Saturnia, Alsium Phalerium, Larissa u. s. w.[*] Heimgesucht mit anhaltenden Landplagen, mit Dürre und Misswachs, wodurch viele dieser Städte verödeten, wan-derte zuletzt ein grosser Theil der Pelasger aus Italien wieder aus, und zerstreute sich in Griechenland und in anderen Ländern. Später, beiläufig 1100 Jahre vor Christus, traten plötzlich die von der ly-dischen Küste gekommenen tyrrhenischen Pelasger als Eroberer in Italien auf, verdrängten die Umbrer grösstentheils aus Ober- und Mittel-Italien, und bemächtigten sich sowohl der von den ausgewan-derten italischen Pelasgern verlassenen Orte als auch jener, welche die von diesen zurückgebliebenen inne hatten, wie Dionysius von Halikarnass sagt, der meisten und besten. Mit diesen Tyrrhenern verschmolzen die übrig gebliebenen älteren Pelasger und ein Theil der unterjochten Umbrer zu einem Volke, dem etruskischen.

---

[*] Dion. v. Hal. I. 20, 21.

Ueber die Abstammung der Tyrrhener waren inzwischen schon bei den Alten die Meinungen getheilt. Nach der einen Sage soll Tyrrhenus, des Atys Sohn und des Lydus Bruder, freiwillig Kolonisten aus Lydien (dem ehemaligen Mäonien) nach Italien geführt haben; nach der anderen, welche Herodot mittheilt, habe Fruchtmangel den Auszug des einen Theils der Mäonier veranlasst, und Tyrrhenus sei durch das Loos zum Führer desselben bestimmt worden. Von ihm hätten die Auswanderer den Namen Tyrrhener (bei den älteren Griechen Tyrrsener und Tyrrsenus) erhalten.

Mit grosser Bestimmtheit tritt dieser Ansicht Dionys von Halikarnass entgegen, behauptend: Tyrrhener und Pelasger seien völlig verschieden von einander, und jene auch keine Lyder, sondern Eingeborene Italiens, die von den Römern Etrusker und Tusker genannt werden, sich selbst aber nach Rasena, dem Namen eines ihrer Heerführer, nennen. Von den Beweisgründen seiner Meinung ist der hauptsächlichste die Grundverschiedenheit der lydischen und etruskischen Sprache, des Cultus, der Sitten und Gesetze, worin noch eine grössere Abweichung von den Lydern als von den Pelasgern wahrnehmbar sei; auch beruft er sich auf den lydischen Geschichtschreiber Xanthus, der weder einen lydischen Königssohn Tyrrhenus kenne, noch der Sage von Verpflanzung der Lyder nach Italien in seiner Geschichte gedenke.

Endlich bemerkt Dionysius, der Doppelname Tyrrhener und Pelasger beruhe blos auf dem Sprachgebrauch, je nachdem man der Meinung des Hellanikus folge, der angibt, die von den Griechen vertriebenen Pelasger haben den Namen Tyrrhener nach ihrer Einwanderung in Italien angenommen, oder der Angabe des Myrsilus beipflichtet, der den Namen Pelasger von den Pelargen (Störchen) ableitet, welcher den flüchtigen, hin- und herziehenden Tyrrhenern, den Erbauern der pelasgischen Mauer in Athen, spottweise beigelegt worden sei.

Diese schroffen Meinungsgegensätze der Alten verwirrten die etruskische Abstammungsfrage vollends bei den neueren und neuesten Historikern, die bei dem für die Etrusker und ihre hohe Cultur in der Gegenwart erwachtem Interesse diesem Gegenstande mit besonderer Vorliebe sich zugewandt hatten. Niebuhr stellt die Ansicht auf, die Etrusker seien ein eingeborener rätischer Volksstamm, der, gedrängt von Celten oder Germanen, aus den tiroler Alpen herabgestiegen sei und zunächst die Ligurer, dann die Umbrer und zuletzt die tyrrhenischen Pelasger vertrieben habe. K. Ottfried Müller sucht Niebuhr's Ansicht mit den Angaben der Alten einigermassen dadurch zu vermitteln, dass er die Auswanderung der tyrrhenischen Pelasger aus Lydien nach Italien als Thatsache anerkennt, aber die ältesten Bewohner Etruriens zu rätischen Alpenbewohnern, zu den von Dionys angegebenen Rasenern macht, sich vorstellt, deren Ausbreitung habe von Rätien bis auf die Apenninen gereicht, und es auf sich nimmt, diese Rasener bei Einwanderung der tyrrhenischen Pelasger gleichzeitig von dort wie von hier zur Verbindung mit diesen, und zur Vertreibung der Umbrer, herabsteigen zu lassen. Aus der Vereinigung der Rasener mit den Pelasgern aus Lydien lässt er also die Etrusker hervorgehen. Beide Gelehrte kommen blos darin überein, dass die Etrusker rätischer Abkunft sind, weichen aber desto entschiedener in der Frage wegen der Tyrrhener ab, die Niebuhr aus Italien vertreiben, Müller dahin einwandern lässt.

Obgleich diese wesentliche Meinungsdivergenz einiges Misstrauen hätte einflössen sollen, so bewirkte die grosse und verdiente Autorität dieser Männer doch gerade das Gegentheil. Seit sie die Hypothese von Abstammung der Etrusker aus den Alpen aufgestellt haben, ging diese als ausgemachte geschichtliche Thatsache in alle Geschichtswerke und Lehrbücher über, bis endlich Lepsius sie einer strengen Prüfung unterzog und ihren Ungrund nachwies. *) Neuerlich hat nun auch der Engländer Dennis für die lydische Einwanderung und die der Etrusker in die Alpen, statt umgekehrt, sich ausgesprochen. **) Niebuhrs Ansicht scheint blos von Heyne, der sie zuerst aufstellte, entlehnt zu sein, Müller aber dürfte bei Erschaffung der Rasener von dem kurzen Beisatze des Dionys ausgegangen sein, „sie (die Etrusker) nennen sich nach dem Namen eines ihrer Anführer, der Rasena hiess."

Mit gesunder, aber scharfer Kritik macht diesfalls Lepsius auf den Umstand aufmerksam, dass ausser Dionysius kein anderer Ge-

---

*) In der Schrift: Ueber die tyrrhenischen Pelasger in Etrurien. Leipzig, Georg Wigand. 1842.

**) Die Städte und Begräbnissplätze Etruriens von G. Dennis, übersetzt von Dr. Meissner. Leipzig, Dyk. 1852.

schichtschreiber oder Dichter diese Angabe enthält, dass der Name Rasener für Etrusker niemals in Verhandlungen vorkommt, und dass die ganze römische Welt nur Tusker oder Etrusker kannte. Diesen Bemerkungen lässt sich durchaus nichts entgegensetzen; sie haben die volle Richtigkeit der Thatsachen für sich. Zwar hat der wälschtirolische Archäologe Graf Giovanelli in seinen „Pensieri intorno ai Rezi" Namen und Volk der Rasener nachgewiesen, aber dieser Nachweis ist eine Fälschung, denn es liegt ihm der unechte Berosus: Antiquitates totius orbis, zum Grunde. Wie bekannt, ist dieser Berosus sammt beigefügtem Myrsilus und Manethon ein betrügerisches Fabrikat des Mönchs Annius von Viterbo.*) Während also die gänzliche Unbekanntschaft der Römer mit dem Namen eines Nachbarvolkes, mit dem sie im regsten Verkehr standen, von dem sie einen grossen Theil ihrer religiösen und politischen Einrichtungen entlehnten, welches sie unaufhörlich bekriegten und zuletzt sogar ihrer Herrschaft unterwarfen, es geradezu unmöglich macht, aus dem nur bei Dionysius und nur in einziger Stelle dieses Geschichtschreibers vorkommenden Heerführernamen Rasena ein besonderes Volk abzuleiten, erscheint dessen Versetzung in die tiroler Alpen und auf den Apennin schlechtweg als Phantasiegebilde, wenn man weiss, dass römische und griechische Schriftsteller, weit entfernt, diese Behauptung zu unterstützen, einmüthig das Gegentheil bezeugen. Plinius, Hist. nat. III. 24. sagt von den Rätiern, den Niebuhr'schen Stammvätern der Etrusker: Rhaetos Thuscorum prolem arbitrantur, a Gallis pulsos, duce Rhaeto. Iustinus XX, 5. äussert: Thusci quoque duce Rhaeto, avitis sedibus amissis, Alpes occupavere, et ex nomine ducis gentes Rhaetorum condiderunt. Ferner Livius V, 33: Alpinis quoque ea (tusca) gentibus haud dubio origo est, maxime Rhaetis,

---

*) Professor Albert Jäger, ebenfalls ein Tiroler, beklagt in seiner ebenfalls die Alpenherkunft der Etrusker behauptenden Schrift: „Leistungen auf dem Gebiete der Alterthumsforschung in Tirol" (s. Sitzungsberichte der Wiener-Akademie der Wissenschaften 1851), dass Graf Giovanelli wegen der oben angeführten Schrift: Dei Rezi etc. für seine „wissenschaftlich begründete Behauptung Unglimpf und Hohn geerntet habe." Das ist naiv, da doch ein mit falschen Waffen Kämpfender unmöglich ein besseres Schicksal ansprechen kann, und der gelehrte Giovanelli um des Berosus Unechtheit wusste, oder bei Benützung desselben den Trug mit den Händen greifen musste, wäre er ihm zufälligerweise verborgen gewesen.

quos loca ipsa efferarunt, ne quid ex antiqua praeter sonum linguae, nec eum incorrumptum, retinerent. Und von den kleinen rätischen Völkerschaften, den Lepontiern, Tridentinern und Stonern, sagt Strabo IV, 6: Ληπόντιοι καὶ Τριδέντινοι, καὶ Στόνοι, καὶ ἄλλα πλείω μικρὰ ἔϑνη, κατέχοντα τὴν Ἰταλίαν, ἐν τοῖς πρόσϑεν χρόνοις u. s. w. Wenn nun diese Völkerschaften Italien in älterer Zeit inne hatten, so sind sie doch offenbar aus diesem Lande herausgejagt und in die Alpen versprengt worden; oder wenn Livius von den Rätiern eine solche Verwilderung in den Alpensitzen aussagt, dass sie von dem ursprünglich Dahingebrachten nichts als den Ton der (etruskischen) Sprache und selbst diesen nicht unverfälscht bewahrten, so bezeugt Livius, gleich Strabo, eben auch die Einwanderung in die Alpen, während Plinius und Justin, diese Zeugnisse bestätigend, auch noch die Weise angeben, wie sie vor sich ging. Womit will man so bestimmte Angaben entkräften, nachdem nie ein Dichter oder Geschichtschreiber das Wort Rasener in den Mund genommen hat, und nirgends eine Andeutung gegeben ist, dass die Etrusker aus dem Norden und auf dem Landwege nach Italien gekommen sind? „Sie selbst," sagt O. Müller, „drücken damit, dass sie Tarquinii, eine in der Nähe des Meeres gelegene Stadt, als die Metropole ihrer zwölf Städte, ihrer politischen Einrichtungen und ihres Gottesdienstes betrachteten, unläugbar die Meinung aus, dass ihr Volk nicht vom Norden, sondern von der See gekommen sei." Zu dieser Combination gibt uns Tacitus den bestimmtesten historischen Beleg. In den Annalen (IV, 55) erzählt er, Gesandte aus Sardis hätten vor dem römischen Senate eine tuskische Urkunde verlesen, worin ihre Blutsverwandtschaft mit den Etruskern, hergeleitet von Tyrrhenus und Lydus, von der Auswanderung und den von jenem in Italien, von diesem in Asien noch bestehenden Namen, bezeugt wird.*) Hieraus geht unläugbar hervor, dass der lydische Ursprung der Etrusker und der Seeweg ihrer Wanderung in ihrer eigenen Urgeschichte beglaubigt sind.

---

*) Die Stelle lautet: Sardiani, decretum Etruriae recitavere, ut consanguinei, nam Tyrrhenum Lydumque, Atye rege genitos, ob multitudinem divisisse gentem: Lydum patriis in terris resedisse, Tyrrheno datum, novas ut conderet sedes, et ducum e nominibus indita vocabula, illis per Asiam, his in Italia, auctamque adhuc Lydorum opulentiam, missis in Graeciam populis, cui mox a Pelope nomen.

Wendet man gegen so bestimmte geschichtliche Zeugnisse ein, Römer, Griechen, und die Etrusker selbst, kurz die ganze alte Welt habe geirrt, so wird man wenigstens den Beweis von der Einwanderung des etruskischen Volkes aus dem Norden, und von der Identität der erträumten Rasener mit den Rätiern, nicht schuldig bleiben dürfen.*) Allein während man jene übereinstimmenden Zeugnisse der Alten verwirft, vermag man den verlangten Beweis in keiner Weise herzustellen.

Niebuhr's Berufung auf die Mundart der Grödener in Tirol, welche ein etruskisches Element in sich bergen soll, ist eben so vergriffen, wie sein vom Mauerwerk auf dem Odilienberge bei Strassburg entlehnter Beweisgrund für die Ausbreitung der Alpen-Etrusker bis nach Elsass und noch weiter in Deutschland, denn von diesen Mauern sagt Mone in seiner badischen Urgeschichte: „Dass die Festungswerke auf dem Odilienberge nicht römisch sind, davon kann sich Jeder bei Schöpflin überzeugen. Ich habe sie gesehen und ihre Anlage überzeugte mich, dass sie von den Galliern erbaut wurden, als sie die Rheinebene von Strassburg wegen Andrang der Deutschen verlassen mussten." Was aber den Grödener-Dialect anbelangt, so hat O. Müller selbst ihn schon als ein reines Kauderwälsch erkannt, während neuere Forschungen nicht nur damit übereinstimmen, sondern nun auch behauptet wird, er habe vor dem Handel der Grödener mit Schnitzwaaren in fremden Ländern gar nicht bestanden.

Heyne**) erkennt in dem Namen Raseni blos eine andere Form von Tyrseni, und erklärt dies wie folgt: Tyrrhenorum vel Tyrsenorum, ut passim scribitur nomen, Graecis ab antiquissima aetate frequentatum et ad notum sibi aliud nomen deflexum, nullum aliud esse puto quam idem illud Rasennarum. Fac enim nomen Rasenne praemissa syllaba Tu, quae articuli aut pronominis vices obtinere potuit, ut in amne Rha in Turas mutato, deprehendere licet, pronuntiatum fuisse Turasenne, vel protracta vocali e, Turaséne quum proclivis hinc Graecis debuit esse sonus ad notum suum Τυρσηνοι, quod idem pronuntiari solitum Τυρρηνοι; quod ipsum

---

*) Giovanelli beweist die Identität der Rätier und Rasener in seiner schon oben angeführten Schrift, aber womit? Mit dem unechten Berosus, worin recht eigentlich Alles zu finden ist, was wir nicht wissen, oder nicht erklären können.

**) Novi Commentarii Societ. Gotting. ad annum 1772. T. III. Pars II. p. 38.

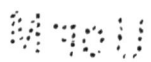

locum dedisse videtur opinioni quae a Tyrrhenis Pelasgis omne
Etruscorum genus repetiit: quaeque omnem veteris Etruriae histo-
riam tantopere turbavit. Neque si consonarum litterarum in Etrusco
sermone concursum duriorem, et Graecorum Romanorumque mol-
liendi talia vocabula morem animo repeto, Tuscorum et Etruscorum
nomina aliunde fluxisse arbitror. Fecit enim ut in multis, canina
litera, ut modo Tursène pronuntiaretur, hinc aspirata littera facile
et Etruscum, et mitigato sono, Tuscum exire potuit, e n e autem
syllaba, terminatio vocum Etruscorum satis frequens fuisse videtur,
ut in vocabulo Camisene. In einer Anmerkung gibt H e y n e auch
vom Namen Porsenna eine analoge Erklärung. Er sagt: Forte Porsenna nihil aliud quam Po, aut potius Pu-Rasenna. Da er auch,
statt Ρασὲνα bei D i o n, Ρασὲννα für die bessere Schreibart erkennt, so unterstützt er damit den gegen die ganze Stelle von
L e p s i u s gemachten Einwurf einer Verunstaltung des Textes, und
einer noch mangelnden Vergleichung der besten Handschriften. Er
selbst stellt als Vermuthung auf, dass D i o n y s ursprünglich Ταρ-
σένα oder Ταρασένα geschrieben, die Griechen aber Τυρρηνοί
vom Heros Τυρσενὸς gesagt haben werden, und verwirft die Vergleichung mit dem Namen Raeti als durchaus äusserlich und unstatt-
haft. G r o t e f e n d erklärt aus Tu-Raseni, reproducirt also blos
H e y n e' s Ansicht, während M a n n e r t in Ra-seni einfach eine
Abweichung von Tyr-seni herausfindet.

Diesen sprachlichen Erklärungen steht inzwischen der erhebliche
Umstand entgegen, dass auf den etruskischen Gräber-Urnen der
Name Rasna oder Resna vorkommt. Es scheint somit, dass dieser
Name ein gefeierter Name war, vielleicht der eines Heros, den
Einzelne und das ganze etruskische Volk als ehrenvollen B e i n a m e n
erkoren. Dass solche Beinamen bei den Etruskern üblich waren,
ersehen wir aus P l i n i u s, der angibt, dass die Aquenser den Beinamen Tauriner, und die Volcentiner den Beinamen Etrusker führen.*) Mit unserer Ansicht steht übrigens die Angabe J u s t i n s
im Zusammenhange, wornach die Rätier nach ihrem Führer Raetus
sich nannten, ein Namenswechsel, der in anderer Weise auch bei

---

*) P l i n i u s Hist. nat. III, 8. Aquenses cognomine Taurini, Volcentini, cogno-
mine Etrusci, Saturnini qui antea Aurinini vocabantur. Solche Beinamen kommen
auch bei anderen Völkern, z. B. bei den Galliern, nicht selten vor.

den Saturninern vorkommt, die, wie Plinius am angeführten Orte bemerkt, vorher Aurininer hiessen. Wir erkennen demnach in den Rasenern des Dionys kein besonderes Volk, kein anderes als die tyrrhenischen Pelasger oder Etrusker, zumal Dionys selbst einen solchen Unterschied keinesweges macht, sondern blos angibt, dass die Etrusker sich selbst nach einem ihrer Anführer, der Rasena hiess, nannten. Aus seiner Angabe gehen daher die von Heyne, Niebuhr und O. Müller gemachten Schlussfolgerungen gar nicht hervor. Aber selbst wenn im Namen Rasena nur ein Beiname erkannt wird, bleibt die gänzliche Unbekanntschaft der Römer mit demselben ein unerkläriches Räthsel, weshalb wir vermuthen, dass er schon zur Zeit als Dionysius blühte (31 vor Chr.) nur noch im Munde des Volkes lebte, und nach ihm allmälig verscholl.

Wird die Abstammungsfrage der Etrusker vom monumentalen Standpunkte aufgefasst, so findet sie eine vollständige Erledigung. Die Felsengräber der Etrusker mit ihrem reichen Kunstschmuck enthüllen, was uns die Geschichte verbirgt, und was die Gelehrten verwirrten.

Im Style der ältesten dieser Bauwerke, in den Gemälden, welche die Wände derselben schmücken, in jenen auf Urnen und Vasen, in den in diesen Grabkammern gefundenen plastischen und toreutischen Produkten, offenbart sich ein Durchdrungensein des ganzen etruskischen Wesens vom morgenländischen, auf Egypten und Phönizien, Babylon und Assyrien hinweisenden Element. Bei den ältesten Hervorbringungen der Kunst waltet inzwischen egyptisches Gepräge unverkennbar und in einer Weise vor, die den Gedanken an blos zufällige Nachbildungen ausländischer Erzeugnisse ausschliesst, und nöthigt, den tieferen Grund dieser Aneignungen in den Schicksalen des etruskischen Urstammes aufzusuchen. Eine Uebereinstimmung der Gräber Etruriens, die mit denen Egyptens von der baukünstlerischen Anlage bis zu den kleinsten Gegenständen der inneren Ausstattung reicht, und in der Figurenzeichnung getreu bis auf die Gesichtszüge sich erweiset, bei welcher nebstdem in den Beigaben von den Sphinxen bis zu den Scarabäen und Hieroglyphen alle Bestandtheile des egyptischen Religionswesens, dessen finsterer und ceremoniöser Charakter auch im etruskischen sich abspiegelt, getroffen werden, eine solche genaue Uebereinstimmung kann unmög-

lich äusserlich und zufällig, unmöglich blose Sache des Geschmacks
und der Mode eines gewissen Zeitabschnittes sein.*)

Halten wir zunächst an der ausgemachten Thatsache fest, dass
den von dem spätern nationalen, und vom griechischen Styl streng
unterschiedenen ältesten, an Egypten mahnenden Kunsterzeugnissen
der Etrusker überall asiatischer Typus aufgeprägt ist, so entsteht
die Frage, wie es demgemäss mit der Behauptung von der Urein-
wohnerschaft dieses Volkes im hohen Norden aussieht? Ist es
denkbar, dass die besten Seefahrer des Alterthums, die Beherrscher
der Meere und verwegensten Seeräuber, die grössten Baukünstler,
die Hersteller der sogenannten cyklopischen Mauern, des Jupiter-
Tempels auf dem Capitol und der Cloaca maxima, die Erfinder der
ihren Namen tragenden Säulenordnung, die in allen Fächern der
Civilbaukunst vor anderen Völkern erfahrenen Etrusker, den Er-
werb dieser mannichfach verzweigten Kenntnisse erstrebt und diese
gepflegt haben unter nordischem Himmel, in Wildnissen, die das
Entkeimen einer solchen Cultur im Zeitalter von einigen Tausenden
vor Christus platterdings unmöglich machten? Oder wäre es denkbar, dass in jenen eisumstarrten, in ewige Nacht gehüllten Regionen,
wo Mensch und Thier ursprünglich auf gleicher Stufe standen, eine
der altetruskischen gleichkommende Kunstbildung sich entwickeln,
dort, wo kein Sinn dafür sich regte, jene Meisterschaft im Metall-
guss, in der Malerei, in der Steinschneidekunst, in der Astronomie,
in der Heilkunde, in der Musik und in zahlreichen Gewerben
errungen werden konnte, von der theils die Geschichte meldet,
theils die reiche etruskische Hinterlassenschaft Zeugniss gibt? Vollends endlich verwirrt sich diese Frage, wenn es sich um eine
Erklärung handelt, auf welche Weise die Etrusker im Norden unseres Welttheils zu den verschiedenen in ihrer gesammten Thätig-
keit wahrnehmbaren morgenländischen Kunst- und Wissenschafts-
Fertigkeit gelangten? Die Geschichte weiss nichts von Wanderungen und Aufenthalt solcher nordischer Gäste in Egypten und Phönizien, die Egypter aber waren ein abgeschlossenes Volk, das seine

---

*) Diese Ueberzeugung dringt sich gewiss selbst Jenen auf, welche blos das
treffliche Werk von Dennis zur Grundlage ihres Studiums der etruskischen
Kunstdenkmäler wählen. Dennis Werk ist in dieser Beziehung weitaus vorzüg-
licher als (mit Ausnahme des Museum's Gregorianum-Etruscum) die italienischen,
meist Parteiansichten vertretenden Leistungen auf diesem Gebiet.

Cultur nicht in andere Länder hinaustrug, und sie am wenigsten
dem unzugängigen Norden zuführte. Was die Etrusker von ihnen
besassen und in sich verarbeitet hatten, ist auch weit mehr als
das, was man auf dem Handelswege erwirbt, wozu kommt, dass
sie bei ihrer Einwanderung in Italien das schon mitbrachten, was
man sie, um nur eine Erklärung zu geben, erst durch den Verkehr sich
aneignen lässt. Wie hätten die Etrusker die Lehrmeister der Römer
schon im Zeitalter der Erbauung Roms abgeben können, wären
ihre politischen und religiösen Einrichtungen nicht ihr ursprüng-
liches Eigenthum gewesen? Das etruskische Auguralwesen und die
gesammte etruskische Disciplin war nicht übertragbar durch den
Handelsverkehr und wurzelte offenbar so tief im Volke, dass an
ein Anlernen nicht gedacht werden kann. Kamen ihnen auf diesem
Wege ihre eigenthümlichen Einrichtungen zu, so mussten diese auch
von den übrigen italienischen Völkerschaften erworben werden,
denn Schiffahrt und Handel trieben alle. Nachdem aber von diesen
Sprache und Einrichtungen der Etrusker gänzlich abweichen, und
sie darin allein und eigenthümlich dastehen, so ist jeder vom Er-
borgen vom Auslande hergeholter Erklärungsgrund unzureichend.

Eine Völkerbewegung vom Norden nach dem Süden 1100 Jahre
vor Christus kennt die Geschichte ebenfalls nicht, auch ist nicht
anzunehmen, dass ihr ein so grosses Ereigniss entgangen sein
könnte, denn eine solche Bewegung würde wirklich, wie Niebuhr
von der tuskischen Einwanderung sagt, allen Völkern vom Padus
bis an den Scheitel der Apenninen einen Stoss versetzt haben,
dessen Andenken gewiss nicht verloren gegangen wäre, die aber
auch eine nach Hunderttausenden abzuschätzende Menschenmasse,
und darunter eine beträchtliche Zahl von Waffenfähigen voraussetzt,
denn die Umbrer werden vor den eingedrungenen Etruskern gewiss
nicht wie eine Heerde Schafe zurückgewichen sein, und ihnen das
Poland freiwillig eingeräumt haben. Nun war aber der Norden zu
jener Zeit noch gar nicht so dicht bevölkert, um solche Wanderschaaren, getrieben von anderen Völkerkeilen (von Germanen oder
Celten wie Niebuhr vorgibt), liefern zu können. Auch die Alpen
vermochten keine so grosse Menschenmenge zu beherbergen, denn
die Thäler lagen in Sümpfen, und waren eben so unfähig der Cultur als unwegsam für die Fortschaffung solcher Massen; auf den
Höhen aber ward noch bei Hannibals Zug neuer Schnee auf dem

alten angetroffen; sie starrten im Eise, und Polybius, der 123 Jahre vor Christus, also nach mehr als tausend Jahren nach der tuskischen Einwanderung die Alpen bereiste, sagt von ihren Jöchern Alpium cacumina propter locorum asperitatem et altas nives ibi perennantes, a nemine adhuc coluntur. Man hat bei der behaupteten Einwanderung aus dem Norden und von den tiroler Alpen auf die natürlichen Verhältnisse gar keine Rücksicht genommen. Wohl mag dies einem Gelehrten an der Spree, der allenfalls nie die Alpen gesehen hat, und den Bevölkerungsmassstab von heutzutage und vom flachen Lande auf die Alpen vor 3000 Jahren überträgt, nachgesehen werden, wir Andern aber, die darin heimisch sind und wissen, dass dort selbst jetzt noch die dünnste Bevölkerungsschichte getroffen wird, können unmöglich eine Vervielfältigung für jenen Zeitraum zugeben.*)

Einmüthig berichten die Alten, dass die Alpen bis zum Uebergange der Gallier, d. i. 388 vor Chr., noch auf keinem Wege überschritten worden waren. Livius V, 34 sagt hierüber: Alpes inde oppositae erant, quas inexsuperabiles visas, haud equidem miror, nulla dum via (quod quidem continens memoria sit, nisi de Hercule fabulis credere libet), superatas. Mögen übrigens die angeblichen Rasener im Norden oder in den tiroler Alpen gesessen haben, so mussten sie hier oder dort Culturspuren gleichartig mit denen Etruriens zurückgelassen haben. Der Städtebau, von dem das der Ewigkeit Trotz bietende Mauerwerk noch heutzutage in riesigen Verhältnissen dort besteht, müsste in den Alpen vorangegangen sein und auch hier müssten Felsengräber gefüllt mit Kunstschätzen gefunden werden. Vergebens wird man sich aber in Tirol nach solchen Ueberresten umsehen, daher die etruskische Cultur auch nicht von den Alpen in die Ebene verpflanzt sein kann. Das Wenige, was von Alterthümern bisher dort entdeckt worden ist, beschränkt sich

---

*) In einigen österreichischen Alpenländern nimmt die Bevölkerung nicht zu, und in einzelnen Bezirken geht sie sogar zurück. In Tirol, dessen wälscher Antheil stark bevölkert ist, entfielen nach der Zählung vom Jahre 1851 nicht mehr als 1718 Menschen auf eine Quadrat-Meile. Wie viele mag es also vor 3000 Jahren gezählt haben, als die Thäler des Inns, der Eisak und der Etsch keine Scholle ertragfähiges Land gaben, und der Sümpfe wegen eben so wenig als die mit ewigem Schnee bedeckten Alpen bewohnbar und wegsam waren. Hat man von dem Aussehen solcher Länder in der Urzeit eine Vorstellung?

auf Kleinigkeiten, und trägt das Gepräge jenes Halbbarbarismus an sich, den L i v i u s von der Sprache der in die Alpen verdrängten Etrusker aussagt.

Genügt das Gesagte, um zu beweisen, dass die Etrusker nicht vom Norden, nicht aus den tiroler Alpen und auf dem Landwege gekommen sein können, genügt es, um die fabelhaften Rasener zurückzuweisen und, wie L e p s i u s verlangt, sie aus der Geschichte ganz hinauszuwerfen, so möge gestattet sein, das den Etruskern aufgedrückte egyptisch - phönizische Merkmal mit dem bedeutsamen geschichtlichen Zug zusammenzuhalten, der sich aus der Vertreibung der Phönizier aus Egypten zu Ende des 19. Jahrhunderts vor Chr. ergibt. Diese egyptischen Phönizier, deren Könige Cheops, Chephren und Mykerinos, wie wir durch C h a m p o l l i o n's Hieroglyphen-Entzifferung wissen, die Pyramiden erbauten, wanderten nach dem Sturze ihrer Herrschaft in Egypten allenthalben in Kleinasien umher, neue Wohnsitze suchend. Kaum lässt es sich noch bestreiten, dass eben sie die Pelasger waren, deren Abstammung und Geschichte uns so dunkel ist. Es fällt aber auch aus der Kunstgeschichte der Etrusker auf diese egyptischen Phönizier ein nicht zu übersehender Lichtstreifen, der einestheils klar macht, wie das egyptisch - phönizische Element in die etruskische Kunst gedrungen ist, und anderntheils auch das aus dem Umherirren des aus Egypten vertriebenen Volkes angeeignete babylonisch-assyrische begreiflich macht. Mit der Annahme eines und desselben Ursprungs der Phönizier, Pelasger und Etrusker, wofür auch die Schriftzeichen der letzteren sprechen, und woraus vielleicht ein Schluss auf ihre, wie es jedenfalls scheint, gemischte Sprache gemacht werden kann, gleichen sich die widerstrebenden Meinungen wegen der lydischen Abkunft aus, doch dürfte um so gewisser an dem Satze: die Etrusker sind v o n d e r l y d i s c h e n K ü s t e nach Italien übergesiedelt, zu halten sein, als dies P l u t a r c h ausdrücklich sagt, und die Etrusker lydische Einrichtungen thatsächlich angenommen hatten. *)

---

*) Plutarch. (Romulus) Tyrrheni e Thessalia in Lydiam, inde in Italiam venerunt. D i o n y s i u s geräth mit sich selbst in Widerspruch, indem er zuerst behauptet, die Gebräuche der Etrusker seien von denen der Lyder ganz verschieden und sodann später (III, 62) erzählt, dass die von den Etruskern dem Könige Tarquinius Priscus nach Rom überbrachten Abzeichen der königlichen Würde, die goldene Krone, der Elfenbeinthron, das goldverbrämte purpurne Unterkleid, das

Sie werden dort, wie es anderwärts geschah, längere Zeit sich niedergelassen haben, und vielleicht zum Abzuge genöthigt worden sein.

Gleichen Stammes mit den Phöniziern, Pelasgern und Etruskern waren unseres Dafürhaltens auch die Celten, denn zwischen
den beiden letzteren bestehen Analogien, die nicht zufällig genannt
werden können. Das druidische Kastensystem der Celten kam dem
etruskischen an Ausbildung und Allgewalt vollkommen gleich, und
weiset daher auf einen gemeinschaftlichen Ursprung hin. Mit den
Etruskern haben ferner die Celten das gesammte Auguralwesen und
besonders die Weissagung aus dem Vögelfluge gemein. Augu-
randi studio Galli praeter ceteros callent, sagt Justin XXIV, 4.,
wo er erzählt, dass die Gallier nach dem Fluge der Vögel die Richtung ihres Zuges bestimmten. Der Baal- und Molochdienst der Celten war phönizisch, der Anubis, ihr Merkur, und die Isis (die von
ihnen auf die Germanen überging) egyptisch, und alles Morgen-
ländische, was wir an ihnen gewahren, nicht von Karthagern und
Phöniziern auf sie übertragen, sondern bei ihrer Einwanderung
ebenso mitgebracht, wie die Etrusker es mitgebracht haben. *)
Nichts fällt inzwischen bei diesen Analogien so sehr auf, als die
Gleichförmigkeit der celtischen Bronze mit der etruskischen. Liegen Fibeln, Hafte, Messerchen und andere derartige Anticaglien gemischt durcheinander, so wird nur der geübteste Kenner im Stande
sein, Celtisches und Etruskisches zu unterscheiden. Dass man bei
beiden Völkern die nämlichen Gebrauchsgegenstände, vielleicht sogar
die nämliche Metallmischung, und jedenfalls die ebenbürtigste Kunst-
fertigkeit gewahrt, deutet doch wohl mehr als einen äusserlichen
Zusammenhang an, denn wer könnte glauben, dass die brittischen
oder norischen Celten in den Metallarbeiten oder bei ihren kolos-

---

Zepter mit dem Adler u. s. w. lydisch und persisch seien. Den Lydern werden die Tyrrhener auch die Teppichwirkerei abgelernt haben, denn die Lyder zu
Sardes sind als Erfinder der Wollfärberei gerühmt. Lydisch war auch die Toga,
die Trompete u. a.

*) Die Verehrung des Anubis ermittelten wir aus dem sogenannten Drudenfuss
(dem Pentagon), der nach Champollion seine Hieroglyphe und bis auf diesen Tag
überall in Oesterreich bekannt ist, auch früher mit Kreide auf die Thüren gezeich-
net wurde, um Hexen und Unholde fern zu halten, ein Gebrauch, der dem Be-
griffe vom Anubis, custos viarum, entspricht.

salen Steinbauten, von denen die Cromlechs nach Dennis B. I.
S. 571—73 und Tafel IX. G. 84, auch in Etrurien gefunden werden, Unterricht bei den Etruskern genommen haben? Solche Erscheinungen lassen sich doch wohl nur aus dem Gesichtspunkte
der Stammesgleichheit der beiden Völker und aus der Hinweisung
auf das Morgenland erklären.

Ist das von der Madrider Akademie edirte turdetanische und
celtiberische Alphabet verlässlich, so ergiebt sich auch in den Schriftzeichen eine frappante Analogie, die, wiewohl nicht entscheidend,
weil die etruskische und celtische Sprache wohl sehr verschieden
sein mögen, doch beweisen dürfte, dass beide Völker aus phönizi-
scher Quelle geschöpft haben. *) Röth, Geschichte der abendlän-
dischen Philosophie, macht es durch Combination wahrscheinlich,
dass ein Theil der aus Egypten vertriebenen Phönizier über Si-
cilien nach der Küste von Afrika, nach Sardinien und Spanien ge-
zogen sei, von wo sie dann vermuthlich nach Irland übersetzten,
welches nach Moore die älteste Bevölkerung, aus phönizischen Colonisten bestehend, schon 1500 Jahre vor Chr. empfing.

Angelangt auf dem Wendepunkte, wo, nach Erledigung der
Streitfragen über die Etrusker der Ebene, nun die Erzählung ihrer
Einwanderung in die Alpen folgen kann, berichten wir, dass sich
dieses Ereigniss durch den Einfall von dreimalhunderttausend Galliern, unter der Führung von Belloves und Sigoves, in Italien, 388
vor Chr. begab. Dem Bellovesus fiel durch das Loos Italien zu,
dem Sigovesus bestimmte es, sich Wohnsitze im herzynischen
Walde zu suchen. Belloves zog aus mit Biturigern, Arvernern, Se-

---

*) Das grosse Gewicht, welches von Dionysius auf die Ungleichartigkeit der
lydischen und etruskischen Sprache gelegt wird, hätte man nie gelten lassen sollen, denn im Alterthume war Mischung der Sprache und auch gänzlicher Wechsel derselben (wovon wir selbst in der christlichen Zeit bei den Longobarden in
Italien und bei den Franken u. s. w. Beispiele haben) eben keine Seltenheit. Wird
überdies bedacht, dass zwischen der Einwanderung der Etrusker in Italien und
der kurz vor Chr. Geburt erfolgten Ankunft des Dionysius in Rom ein Zeitraum
von 1100 Jahren liegt, so kann die Ungleichheit der beiden Sprachen gar nicht
auffallen. Sie beweist aber schon deshalb nichts, weil uns die Etrusker lydischer
Abkunft nicht sind.

nonen, Aeduern, Ambarren, Carnuten und Aulerkern, stieg über die
Tauriner-Alpen, schlug die Etrusker am Ticinus, vertrieb sie aus
der Lombardie gänzlich, und erbauete daselbst Mailand. Den vor-
benannten celto-gallischen Völkerschaften folgten auf dem nämlichen Wege, geführt von Elitovius, die Cenomanen, die im Lande
der Libuer, um und in Brixia (Brescia) und Verona, sich niederliessen. Nach ihnen kamen die Saluvier, welche neben den ligurischen Lävern um den Ticinus herum Platz nahmen. Hierauf er-
schienen die Bojer und Lingonen und besetzten, nach Vertreibung
der Umbrer und Etrusker, das Land jenseits des Padus. Als die letzten
dieser Wanderschaaren nennt L i v i u s, der diese Völkerscala angiebt,
die Sennonen, die bis an den Aesis sich ausdehnten, und bald her-
nach unter Brennus Rom eroberten. Von jetzt an waren die Etrusker
auf Toskana, wohin sie sich zurückgezogen, auf Lucca und einen
Landstrich der Romagna beschränkt; Herren von Oberitalien aber
waren und blieben die Gallier, bis die Römer sie bezwangen.

Bei diesen in kurzen Zeitabschnitten aufeinandergefolgten Gal-
lier-Zügen treten einige Umstände besonders bedeutsam hervor. So
zunächst die Angabe, dass die Bellovesischen Schaaren zu ihrer Ver-
wunderung erfuhren, dasjenige Land, wo sie ihre Wohnsitze auf-
schlugen, heisse das Land der Insubrer, was sie für eine gute Vorbe-
deutung auslegten, weil ein Gau der Aeduer ebenso hiess. Hierin
ist unläugbar die Andeutung gegeben, entweder, dass vor den Umbrern, welche früher den insubrischen Gau bewohnten, diesen Gallier einer unbekannten früheren Einwanderung inne hatten, oder die
Umbrer selbst celto-gallischer Abkunft waren. Wäre von den
Aeduern eine Colonie ausgegangen, so würden sie darum gewusst,
und die entdeckte Namensgleichheit nicht als ein Omen betrachtet
haben; macht man aber die Umbrer zu Celten, wofür nicht nur
bestimmte, sondern auch unverwerfliche Zeugnisse da sind*), so
hat man die umbrische als eine nicht celtische Sprache, und zugleich die Unmöglichkeit gegen sich, einen Sprachenwechsel anzunehmen, weil neben den Umbrern keine andere antiquissima gens
Italiae besteht, von der sie die Sprache angenommen haben könnten, die etruskische aber mit der umbrischen, wie mit jeder andern,

---

*) Sämmtliche hierher gehörende Stellen bei D i e f e n b a c h Celtica II. 1ste
Abtheilung.

2 *

unverwandt ist. Diese sprachliche Schwierigkeit steht selbst dann
noch im Wege, wenn man aus den Stellen: Gallos veteres proge-
nitores Umbrorum vocat Cato, und: Veterum Gallorum prolem esse
M. Antonius asseverat, mit Diefenbach annimmt, dass die Umbrer selbst schon nicht mehr Gallier, sondern propago derselben,
wie sie in diesen Stellen heissen, und längst italienisirt seien, denn
immer wird man fragen müssen, auf welcher Grundlage diese Ita-
lienisirung des umbrischen Urvolkes geschehen sei? Wenn aber,
wie Mannert meint, durch die Vermischung der Umbrer mit den
Etruskern eine neue Sprache entstanden wäre, so hätte diese beiden
gemein sein müssen, was nicht der Fall ist. Auffallend bleibt jedoch immer, dass in dem Insubrer-Namen der Umbrer-Name steckt.
Polybius, der Erste, welcher die Insubrer nennt, schreibt οἱ
Ἰσομβρες, und Ὄμροι und Ὀμβρικοι heissen bei den Griechen
die Umbrer, nach der Sage von den Regenfluthen, vor welchen sie
schon bestanden haben sollen. Hierher gehören vielleicht auch die
beiden Flussnamen Karpis und Alpis, welche Herodot aus dem Lande
über den Umbrern (aus den Alpen) dem Ister zufliessen lässt.
Beide sind wie der Gauname Insubrien celtisch, und müssten dem
Inn und der Drau, auf welche sie bezogen werden, von den ohne
Zweifel in die Alpen vorgedrungenen Umbrern gegeben worden sein,
wenn die Alpen von Celten noch nicht bewohnt waren. *) Wie es
aber auch mit der Abstammung der Umbrer beschaffen sein mag,
so geht doch aus dem Vorgange mit dem Insubrer-Gau, den die
Gallier entdeckten, unbestritten hervor, dass eine ältere celto-gallische Einwanderung als die ihrige in Italien stattgefunden habe.
Dass dem nicht so sein sollte, lässt sich kaum begreifen, wenn er-
wogen wird, dass Italiens Nachbarländer, Spanien und Frankreich,
in der allerältesten Zeit von Celten bewohnt waren. Schon bei
der Einwanderung in diese Länder konnte ein Zweig dieses grossen europäischen Urstammes sich getrennt und nach Italien sich ge-
wendet haben. Untergegangen unter den Umbrern erhielt sich der

---

*) Ombrella im Ital. der Regenschirm, dürfte wohl schwerlich von ombra, der
Schatten, sondern von ἄμβρος, der Regen, herzuleiten sein, denn der Sonnen-
schirm heisst parasole. Im salzburgischen Gebirgslande ist das deutsche Wort Regenschirm ganz unverständlich und dafür durchgehends Ombrell gebräuchlich. In
der italienischen Sprache dürfte noch Manches enthalten sein, was den altitalischen
Sprachen angehört.

Name des von ihnen eingenommenen Landstriches, unverstanden, bis die Gallier des Bellovesus seine Ursprungsquelle entdeckten.

Besondere Erwähnung verdient die übereinstimmende Angabe der Alten, dass bei diesem Bellovesuszuge die Alpen das erste Mal überschritten worden sind, sowie die Erklärung der Römer, dass sie von den Galliern vorher nie gehört, während diese äusserten, der Römername sei ihnen völlig neu. Hieraus erhellt, dass ein Alpenübergang weder von Galliern noch von Rasenern vor der Expedition des Bellovesus stattgefunden habe, denn die Erzählung des Livius V. 33. von einem früheren unter Tarquinius Priskus, kann, wie Niebuhr erwiesen hat, nicht richtig sein. Dagegen ist es sehr wahrscheinlich, dass die Celten auf Küstenfahrten Italien gefunden und einzelne Völkerschaften vor der Einwanderung der Umbrer, also beiläufig vor 1500 Jahren vor Chr., sich dort niedergelassen haben, denn wo drangen die Celten nicht hin, wo finden wir sie nicht?

Bei den von Diefenbach für die celtische Abkunft der Umbrer beigebrachten Beweisen wird auch vieler Namenscorrespondenzen zwischen Italien und celtischen Ländern gedacht, solcher, die grösstentheils dem Kriegs - und Wanderwesen angehören und durch die cisalpinischen Gallier unmöglich sich erklären lassen. Sie fallen nämlich nach Lydos schon in Numa's mythische Zeit. Dies deutet unverkennbar auf ältere Celteneinwanderungen, die aber von den Alpen her anderthalbtausend Jahre vor Chr. nicht wohl geschehen konnten, denn selbst der Bellovezug mit 300,000 Menschen, Lastthieren und Tross überhaupt, ist nur deshalb möglich gewesen, weil die Alpen im J. 388 v. Chr. theilweise schon bevölkert gewesen sein werden.*)

Trogus berichtet, dass die Gallier nach Vertreibung der

---

*) Der Alpenübergang der Gallier ist weder in kleinen Zügen, noch in langen Zeiträumen denkbar. Wären sie in einzelnen Haufen angekommen, so würden die Etrusker sie nacheinander aufgerieben haben. Langsam konnte der Zug auch nicht eingerichtet werden, weil sie in den Alpen sich nicht halten konnten. Der Uebergang, vor dem übrigens die Gallier nach Livius selbst zurückgebebt haben, musste innerhalb Monatsfrist vollbracht worden sein. Hannibal brauchte dazu 14 Tage. Auch die Nachwanderungen können nur rasch hintereinander erfolgt sein, weil sonst die ursprüngliche Hauptwanderung sich nicht hätte behaupten können. Darum heisst es auch „favente Belloveso."

Tusker nebst Mailand auch Como, Brescia, Bergamo, Verona, Trient und Vicenza gegründet haben. Mannert lässt von diesen Gründungen blos Mailand gelten, weil der Name zuverlässig celtisch ist. *) Wir können aber aus dem nämlichen Grunde noch Comum, Brixa (Brescia) und Bergomum hinzufügen, wenn nicht etwa bei Comum, das wir geneigt wären für eine umbrisch-euganäische Anlage zu betrachten, ein Namenswechsel eingetreten ist. Die übrigen Städte werden die Gallier nicht erbaut, sondern blos erweitert und in grössere Aufnahme gebracht haben. In diesem Sinne wird das urbem condere in der Stelle, wo Trogus die benannten Städte anführt, zu verstehen sein.

Von dem Zuge des Sigovesus nach dem hercynischen Waldgebirge berichtet Trogus: Portio (Gallorum) Illiricos sinus, ducibus avibus, per strages barbarorum penetravit, et in Pannonia consedit. Ibi domitis Pannoniis, per multos annos cum finitimis varia bella gesserunt.

Weder von Trogus noch von Andern erfahren wir, welche celto-gallischen Völker Sigoves nach Pannonien führte, inzwischen ist man vollkommen berechtigt anzunehmen, dass sie ein Theil von jenen sind, welche von Livius mit Namen (und von uns weiter oben) angeführt sind. Trogus könnte nicht sagen: Portio in Italia consedit quae et urbem Romanam captam incendit, ac portio Illiricos sinus penetravit et in Pannonia consedit, wenn die Schaaren des Sigoves nicht eine Abtheilung des ganzen nach Italien gewanderten Zuges gewesen wären. Der nicht angegebene Zeitpunkt der Sigovesischen Expedition bestimmt sich durch die vermuthlich Anfangs zwischen beiden Führern geschlossene Uebereinkunft, mit der Unternehmung nach Pannonien erst nach vollbrachter Eroberung Oberitaliens zu beginnen. Es dürfte also kein grösserer Zeitraum als etliche Jahre von dieser Eroberung bis zum Zuge des Sigoves verflossen sein. Dafür bürgt uns die sechs Jahre nach der gallischen Eroberung Roms schon vollbracht gewesene Vertreibung der Tri-

---

*) Mediolanum sprachlich erklärt in Mone's bad. Urgeschichte, Comum und Bergomum in dessen Gallischer Sprache. Brixia, Diefenbach Celtica II. Namenscorrespondenzen. Μεδιολάνιον bei Strabo und Μεδιόλανον Steph. Byz. Hauptort der Santonen; Mediolanum Stadt der Segusianer; Mediolanum bei den Gugerni. Μεδιολάνιον bei den Ordovikern.

baller aus Pannonien, und die von hier innerhalb hundert Jahren erfolgte Ausbreitung der Celten nach Thracien, Macedonien und Kleinasien. Aus der von Sigoves eingeschlagenen Richtung durch das grosse Illyricum ersehen wir, dass sein Zug Raetien gar nicht berührte, dieses folglich die dort getroffene celto-gallische Bevölkerung nicht von demselben empfing. Der Widerstand, auf den er bei seinem siegreichen Vordringen stiess, kann nur von illyrisch-pannonischen Völkerschaften, nicht aber, wie Niebuhr meint, von den Venetern gekommen sein, in deren Interesse es lag, den Abzug der ungebetenen Gäste zu fördern. — Es ist nicht glaublich, dass ein Theil der Sigovesischen Schaaren irgendwo zurückgeblieben sei, weil partielle Niederlassungen eine mit einem Eroberungszuge unvereinbare Schwächung der Hauptmacht herbeigeführt hätten. Darum werden die Celten am adriatischen Meere, welche an Alexander den Grossen Gesandte abgehen liessen, nicht vom Sigoves-Zuge herrühren, doch ist kein Zweifel, dass dieser dem Donauthale den Kern der dortigen celtischen Bevölkerung gab, und diese sich von dort auch allmälig in die Alpenländer verbreitete. *) Dies kann aber nur nach jener Expedition durch Zuzüge geschehen sein, doch wird nicht an Zuzüge italienischer Celten, sondern an solche gedacht werden müssen, die vom Rheine her an die Donau gelangten, oder wohl auch unmittelbar in dieser Richtung aus Gallien zuflossen. Dafür spricht, dass mit Ausnahme der aus Oberitalien zu den Tauriskern gezogenen Bojer und der bis Trient vorgerückten Cenomanen der Name keines der Bellovesischen Celtenstämme, welche sich in Italien niedergelassen hatten, in den Alpen und im Illyrico vorkommt, während J. Caesar, von längst verflossenen Zeiten sprechend, gallischer Colonien im herzynischen Walde, vom Rheine hergekommen, gedenkt. **)

---

*) Die adriatischen Celten scheinen sich lange behauptet zu haben, denn die Forschungen des Dr. Kandler in Triest ergeben selbst eine Ausbreitung in Istrien, auch werden, wie der Augenschein uns lehrte, die celtischen Sonnenwendfeuer, welche von den Missionären in Johannisfeuer verwandelt wurden, nirgends in den Alpen so reichlich als auf dem Karste angezündet. Die Matrosen sollen auch den Drudenfuss nicht nur kennen, sondern bei Seestürmen seiner sich bedienen, um den glücklichen oder widrigen Ausgang derselben zu ermitteln.

**) Jul. Caes. VI, 24. Ac fuit antea tempus, quum Germanos Galli virtute superarent, ultro bella inferrent, propter hominum multitudinem agrique inopiam

Der heftige Anprall der Celten bei ihrem Einbruche in Italien versprengte flüchtige Etruskerschaaren unter Raetus Führung in die Alpen, wo sie, die Freiheit im fremden Lande der Knechtschaft in der Heimath vorziehend, bleibende Wohnsitze wählten, und nach ihres Führers Namen die raetischen Völkerschaften gründeten. Also erzählt **Trogus** mit diesen Worten: Tusci quoque, duce Rhaeto, avitis sedibus amissis, Alpes occupavere, et ex nomine ducis, gentes Rhaetorum condiderunt. Der Glaubwürdigkeit dieser Entstehungsgeschichte der Alpenetrusker steht nichts im Wege, denn erstlich ist **Trogus**, der aus den ältesten und besten Quellen schöpfte, ein verlässlicher Gewährsmann, und zweitens kann seinen Epitomator Justinus kein Verdacht einer Erfindung und Einschmuggelung dieser Erzählung treffen, weil Plinius und Livius sie bestätigen, und jener noch den wichtigen Umstand der Vertreibung: a Gallis pulsi, hinzufügt. Unterstützung findet diese Angabe am natürlichen Sachverhalt. Die in der Nähe der Alpen ansässig gewesenen Etrusker waren, bei dem fast widerstandslosen Zurückweichen der Hauptmasse ihrer Landsleute, von ihnen abgeschnitten und den Feinden blossgestellt. Flucht in die Alpen war also das einzige Rettungsmittel, das sich ihnen darbot, doch war die Flucht dahin zugleich mit der Nöthigung dort zu bleiben verbunden, weil sie, bei einer, Vereinigung mit ihren Stammesgenossen in Toskana bezweckenden, Rückwanderung sich durch die siegreichen Gallier in der Lombardie hätten durchschlagen müssen, was sie nicht vermochten. Sie waren also in den Alpen gleichsam festgebannt, und es ging, dieses Umstandes wegen, mit ganz natürlichen Dingen zu, dass sie allmälig so verwilderten, wie **Livius** sie schildert: quos (Rhaetos) loca ipsa efferarunt, ne quid ex antiqua praeter sonum linguae, nec eum incorruptum, retinerent.*) Die Glaubwürdigkeit

trans Rhenum colonias mitterent. Itaque ea, quae fertilissima sunt, Germaniae loca circum Hercyniam silvam Volcae Tectosages occupaverunt atque ibi consederunt. Quae gens ad hoc tempus iis sedibus sese continet, summamque habet justitiae et bellicae laudis opinionem.

*) In den Pensieri intorno ai Rezi müht sich Graf **Giovanelli**, ihr Verfasser, auf eine wahrhaft lächerliche und zugleich abgeschmackte Weise ab, den Ausspruch des Livius vom Barbarismus der Alpenetrusker wegzuräsonniren. Er geht aber selbst so weit, dass er die Räubereien derselben, welche den Römern zum Beweggrund ihrer Unterwerfung dienten, läugnet, und sie in Söldnerdienste umwandelt. Mit einer solchen Geschichtsbehandlung kann man die beste Sache zu Grunde richten.

der Sage des **Trogus** gewinnt übrigens noch dadurch, dass auch
die **Ligurer** eine Zufluchtsstätte in den Alpen suchten. O. Müller sagt darüber: „Der Druck, welchen das Celtenvolk gegen seine
südlichen und östlichen Nachbarn ausübte, war so mächtig, dass
ligurische Stämme, um ihm auszuweichen und zu entgehen, sich
weit in die Gebirge oberhalb Etruriens hineinzogen. Ligurier bewohnten daher zu Polybios Zeit den Appennin." Wir können hinzufügen, dass sich die Ligurer nebstdem auch in den tridentinischen Alpen nachweisen lassen, und werden dies später beweis-
kräftig thun. Noch kommt in Betracht, dass die Flucht der Etrusker in die Alpen keineswegs neu, und deshalb unglaublich ist, denn
ihr ging die der **Euganäer** lange voran. (S. Liv. l, 1.)

Haben wir bisher gezeigt, auf welche geschichtliche Thatsachen
und auf welche natürliche Gründe die Erzählung von der Alpen-
einwanderung der Etrusker sich stützt, und wie deren Glaubwürdigkeit aus dem homogenen Verhältnisse dieser beiden Stützpunkte
hervortritt, so liegt uns blos noch ob, die Einwendungen, welche
von den beiden grössten Stimmführern, von **Niebuhr** und O.
Müller, dagegen erhoben worden sind, zu beleuchten. Keiner
von ihnen bestreitet die Echtheit der darauf bezüglichen Stellen der
Alten, wie dies in jüngster Zeit die tirolischen Geschichtschreiber,
Kink und **Giovanelli**, versuchten, aber **Niebuhr** findet es
nicht denkbar, dass die verjagten flüchtigen Etrusker, welche den
Galliern nicht zu widerstehen vermochten, im Stande gewesen seien,
den Alpenbewohnern ihr Land zu entreissen. Dieser einzige
hervorzuhebende Einwurf seiner kurzen B. 1. S. 26 darüber ange-
stellten Betrachtung fällt mit der Bemerkung, dass die Geschichte
von einem Widerstande, den die flüchtigen Etrusker zu bewältigen
gehabt hätten, nichts weiss, die Voraussetzung eines solchen aber
die gewiss grundlose Annahme von einer so dichten, allenthalben
eine undurchdringliche Phalanx bildenden Alpenbevölkerung bedingt,
wie eine solche selbst die italische Ebene zu Dionysius Zeiten nicht
gehabt hat. Um zu beweisen, dass im 4. Jahrhundert v. Chr. die
Alpen, und zumal die zahlreichen Seitenthäler, grösstentheils men-
schenleer waren, bedarf es ja nur einer Vergleichung der jetzigen
Volkszahl mit der muthmasslichen vor zwei und zwanzig hundert
Jahren. Wie viele Einwohner auf eine Quadratmeile damals, wenn
in Tirol im J. 1787 im Durchschnitte 1300 auf einer gezählt wur-

den? Man wolle nebstdem untersuchen, wie viel uncultivirtes Land im Mittelalter, wie viel selbst in neuerer Zeit in Tirol da war. Wenn die später eingewanderten zahlreichen Celtenstämme in den Alpen Platz fanden, wie hätte ein versprengter Haufe, der nicht in feindseliger Absicht, nicht erobernd, sondern schutzflehend bei den Bergbewohnern anlangte, und überdies Anfangs gar nicht weit vordrang, sondern sich im Alpengesenke niederliess, ihn nicht finden sollen? Sassen denn nicht die von den Venetern vertriebenen Euganäer fest und ruhig in denselben Alpen, welche die vor den Galliern flüchtigen Etrusker aufsuchten? Wo es für eine friedliche Niederlassung nicht an Raum gebricht, wird sie nicht angefochten; weil aber kein Raummangel in den Alpen bestand, darum kamen die Etrusker auch gar nicht in die Lage, den Bergbewohnern ihr Land entreissen zu müssen. — O. Müller trägt sich ebenfalls mit der Vorstellung eines Eroberungszuges der flüchtigen Etrusker, bei welchem sie in Eilmärschen an der Etsch hinaufzogen, durch die Euganäer und „andere Gebirgsvölker" (?) Bahn nach dem Thale der Vennosten brachen, von dort nach Engadein hinüber, und dann in das Rheinthal stiegen. Für einen solchen Eroberungszug, meint er, lasse sich bei einem bedrängten Volke keine geschichtliche Analogie annehmen, wesshalb er sich lieber der Ansicht Derer anschliesse, welche Raetien als einen Ursitz der Rasener betrachten. Hätten wir es nicht mit so grossen und verehrungswürdigen Männern zu thun, so würden wir auf diese Niebuhr-Müller'schen Anschauungen den Spruch vom Walde anwenden, den die Gelehrten der vielen Bäume wegen nicht sehen. Entwichen die raetischen Etrusker dem vaterländischen Boden, weil sie weder Kraft noch Muth besassen, ihn gegen die Gallier zu behaupten, so werden sie gewiss noch weniger Antrieb gefühlt haben, Eroberungskämpfe mit den Alpenvölkern einzugehen. Die Voraussetzung eines Eroberungszuges ist demnach eine ganz falsche Vorstellung. Weder lag er in der Absicht der Flüchtigen, noch war er nöthig, weil es des herrenlosen Landes in den Alpen überflüssig gab. Die Euganäer vertraten den Etruskern den Weg zuverlässig nicht, weil wir sie mit ihnen zusammensitzend antreffen. Vom Durchschlagen konnte also gar nicht die Rede sein. Aus der Drusus-Expedition, nach der Schilderung des Dio Cassius, geht hervor, dass der Hauptsitz der raeto-etruskischen Völkerschaften in den tridentinischen Alpen sich befand. Dort suchte Drusus sie auf, dort stellten sie sich ihm entgegen, und eben dort lieferte er ihnen eine entscheidende Schlacht.*) Es ist demnach ein handgreiflicher Irrthum, an eine ursprüngliche Besitznahme vom ganzen, nachmals von den raetischen Völkerschaften besessenen Landstrich zu glauben, sie unaufhaltsam vom Fusse der Alpen bis an die Rheinquellen fortziehen zu lassen. Diese westliche Ausbreitung erfolgte offenbar später. Fluchtbedrängte haben keinen Grund, noch andere Gegenden als die aufzusuchen, die ihnen Schutz gewähren, wenn es ihnen nur um diesen zu thun ist. Die Masse der eingewanderten Etrusker ist auch keinesweges so gross gewesen, um sogleich die Strecken vom Tridentinischen bis zum Bodensee besetzen zu können. Wäre eine solche Ausbreitung thatsächlich gleich bei ihrer Einwanderung geschehen, dann könnten wir sie nicht 13 Jahre n. Chr. auf den nämlichen Strecken antreffen, die sie angeblich schon im 4. Jahrh. vor Chr. eingenommen hatten.

Wie gezeigt, fehlt den Bedenken, welche Niebuhr und Müller gegen die Einwanderung der Etrusker in die Alpen erheben, ebenso der zureichende Grund, wie er für die Umkehr dieses Verhältnisses, für die Hypothese von den Rasenern und deren Alpenauszug vermisst wird. Wenn diese Hypothese aber trotz ihrer mangelhaften Begründung doch als lautere Wahrheit hingenommen wurde, so kommt dies zum Theil von der ganz irrigen Meinung, die Raetier, oder die sogenannten Rasener, haben ein ganzes, grosses, zusammenhängendes Volk gebildet, und so weit Raetien geht, so weit erstrecke sich die etruskische Bevölkerung. Zwar hat zunächst schon Zeuss (die Deutschen und die Nachbarstämme) diesen Irrthum mit einer Gründlichkeit aufgeklärt, gegen welche ein weiteres Widerstreben als barer Unverstand sich offenbart, dessenungeachtet lassen die neuesten tirolischen und andere Geschichtschreiber immer noch nicht davon ab.

Die römische Eintheilung und Begrenzung von Raetien ist

---

*) Eo tempore a Druso et Tiberio hae res sunt gestae. Rhaeti inter Noricum et Galliam ad Alpes Italiae finitimas, quas Tridentinas nominant, sedes suas habent. . . . . . . Augustus principio Drusum contra eos cum exercitu misit, isque Rhaetos apud Alpes Tridentinas obviam sibi factos, proelio congressus, haud magno certamine fudit, ejusque victoriae ergo praetorios honores adeptus est. D. C. 54, 22.

mehrmals wechselnd, sie ist eine andere unter Augustus, und eine
andere unter Hadrian und seinen Nachfolgern, frühzeitig aber war
Vindelicien, obgleich es keine raeto-etruskische Bevölkerung hatte,
dazugeschlagen, und bei der spätern Eintheilung in eine Raetia
prima und secunda, unter dem letzteren begriffen.*) Hieraus wird
es klar, dass die Römer bei der Abgrenzung der Provinz Raetien
nicht von den Bedingungen der Stammesgleichheit, sondern von
anderen Rücksichten sich bestimmen liessen. Sie konnten das auch
nicht, weil dort und häufig anderwärts Völker der verschieden-
sten Abkunft gemischt durcheinander sassen. Die Meinung also:
so weit Raetien, so weit etruskische Bevölkerung, ist daher rein
illusorisch, und dehnt man diese gar noch über die Grenzen auf
die Nachbarländer mit anerkannt celtischer oder illyrischer Einwoh-
nerschaft aus, so wird sie geradezu Faselei oder absichtliche Täu-
schung.

In Raetien selbst werden nur viele kleine Völkerschaften gefunden, eine raetische Nation oder ein raetisches Reich giebt es
nicht. Der Name Raetier ist demnach blos Sammelname, und wahrscheinlich in der Ausdehnung auf alle Völkerschaften durch eine
Conföderation derselben entstanden. Den Namen entlehnte das
Volk nicht, wie Barth meint, vom Lande, sondern dieses erhielt
ihn vom Volke.

In der von Plinius *) uns mitgetheilten Inschrift des Alpen-
Trophäums, welcher die Bürgschaft eines diplomatischen Actenstük-
kes inne wohnt, sind die unter K. Augustus bezwungenen raetischen Alpenvölker mit Namen aufgeführt. In erster Reihe stehen
die Tridentini, Camuni, Vennostes, Vennonetes, Isarci, Breuni,
Genaunes, Focunates. Gleich bei den Tridentini ergiebt sich die
grösste Schwierigkeit ihre Abstammung anzugeben. Plinius nennt
Tridentum eine raetische Stadt, und leitet von ihr die Tridentini
ab; Trogus dagegen macht sie zu einer celto-gallischen Gründung; Ptolemäus endlich stellt sie in Abhängigkeit von den Cenomanen. Diese Widersprüche finden in den wechselnden Schick-

---

*) Forbiger, Handbuch der alten Geographie 3. B. S. 433. N. 23, weiset
zwar nach, dass unter Augustus Raetien und Vindelicien zwei verschiedene Provinzen bildeten, fügt aber hinzu, dass sie schon zu Ende des 1. Jahrh. zu einer vereinigt und zusammen verwaltet wurden.
**) Hist. nat. III, 24.

salen dieser Stadt ihre Lösung, diese aber giebt dessenungeachtet keinen Aufschluss über den Ursprung derselben und der nach ihr benannten Völkerschaft. Tridentum war euganäisch vor dem Einbruche der Gallier in Italien, wie Verona es war; celtisch aber wurde es seit jenem Ereignisse, und daher auch abhängig von den Cenomanen in Brixia. Für den celtischen Besitz spricht die Verehrung der celtischen Localgottheiten, Bergimo und Caute, welche in den von Roschmann, Geschichte von Tirol 1. B. S. 78, mitgetheilten Steinschriften getroffen werden. Sodann finden sich in Trient celtische Namen, die auch bei den Cenomanen in Brescia vorkommen*), auch leben noch heutzutage celtische Benennungen von ländlichen Gebrauchsgegenständen im Munde des tridentischen Landvolks fort.**) Damit ist klar dargethan, dass die ursprünglich raetisch-euganäischen Tridentiner mit Celten zu einem Mischvolke verschmolzen; die Stadt Tridentum hingegen dürfte über Euganäer und Gallier hinausreichen, und entweder liburnisch oder pelasgisch sein. Es lässt sich nicht verkennen, dass Tridentum mit dem liburnischen Truentum im Picenischen anklingt, hauptsächlich aber kommt der wahrscheinlich von den Liburnern vermittelte Bernsteinhandel in Betracht, der zu Herodot's Zeit, seiner III, 115, ausdrücklichen Meldung gemäss, bestand, und damals noch nicht über Aquileja ging, sondern durch die tridentinischen Alpen seinen Weg nach Italien genommen haben wird, denn schon zu jener Zeit scheint man zum Transport den Landweg gewählt zu haben. Denkbar ist übrigens dieser Verkehr nur unter der Voraussetzung von in den Alpen errichteten Stationen zur Unterkunft und zum Schirm der Bernstein-Karavanen. Für diesen Zweck war Trident durch seine Lage wie geschaffen. Es musste aber, abgesehen vom Bernstein, allein schon wegen des Handels mit Alpenprodukten in den ältesten Zeiten entstehen, denn damals dürfte Trident der äusserste Ort daselbst gewesen sein, auch wissen wir aus Polybius, dass die tridentinischen Alpen den nördlichen Uebergang bildeten, und ausser ihm kein anderer bestand. Vor der Celteneinwanderung, welche dem Bernsteinhandel die Richtung

---

*) Diese Namen sind: Pladicius, Lea Labiamus, Esdria, Esdricio, Corcenius, Glabertus, Druinus, Cuseda, Ebusius, Ticus. Bei Maffei finden sich noch andere celto-gallische Namen in Steinen von Brescia angegeben.

**) Giovanelli, Pensieri interno ai Rezi. S. 86.

vom Hauptstapelplatze Carnuntum über Aquileja gab, und auf diesem Wege auch die Alpenerzeugnisse, Holz, Harze, Thierfelle, Honig, Metalle u. s. w. nach Italien schaffte, kann der gesammte Handelszug nur durch die tridentinischen Alpen gegangen sein. Die Illyrier hatten, wie Mannert bemerkt, den Bernstein nicht zu verkaufen, die Veneter, die damit handelten, bezogen ihn demnach nicht über Illyrien, und die Liburner, die unternehmendsten und tüchtigsten Handelsleute der alten Welt, welche ohne Zweifel das Speditionsgeschäft bei diesem Harze, wie bei allen Bezügen aus den Alpen besorgten, wohnten in ältester Zeit an der entgegengesetzten Küste, also den tridentinischen Alpen nahe. Diese Umstände machen es wahrscheinlich, dass Tridentum eine liburnische Gründung ist, die nach Vertreibung der Liburner von der Ostküste Italiens nach der Ostküste des adriatischen Meeres an die Euganäer, von diesen aber an die Cenomanen übergegangen sein dürfte.

Die Camuni der Inschrift sind Euganäer und sassen im Val Camunica, die nächstfolgenden Venostes versetzt man ins Vintschgau, Venonesgowe, vallis venusta; nirgends als in der Inschrift genannt, lässt sich ihre Abkunft nicht bestimmen: das Bergland, welches sie bewohnten, erinnert an Venus Pyrenaea in Hispanien. Sammt den, wie Zeuss meint, blos des Gleichlauts wegen verbundenen Vennonetes scheinen sie in Correspondenz mit den irischen Venienii und den brittanischen Ὀυενίχοντες zu stehen, also nicht raetisch, sondern celtisch zu sein. Zur Vergleichung mag noch Venonae, Ort in Brittanien, dienen. Strabo nennt sie Vennonen (Ὀυέννονες) und versetzt sie irrig nach Vindelicien; Plinius und Ptolemaeus geben sie in Raetien und der Erstere an den Rheinquellen an, auch nennt er sie das Hauptvolk der Raetier. Unbestritten celtischer Abstammung sind die hierauf angegebenen Isarci und Breuni. Von „Isa-ra", schnell fliessendes Wasser, die Isarker oder Anwohner desselben; von „bri" Gebirg, nicht von „bren" König, die Breuni, Breones oder Brenni, d. i. Gebirgsbewohner, deren Wohnsitze um das Brennergebirge und im ganzen untern Wippthale bis Veldidena, das vermuthlich Hauptort derselben war. *) Auf diese folgen in der Inschrift die Genauni,

---

*) Bei Plinius Breuni, bei Strabo und Ptolemaeus Βρεῦνοι, Horaz Brenni, Cassidorus Breones, Gregor von Tours Briones, Venantius Fort. Breones, 828 Natio Noricorum et Pregnariorum (Brennorum).

die auch Strabo kennt, aber sie und die Breuni irrig zu den illyrischen Völkern stellt. Sie sind Nachbarn der letztern und lassen ihren Sitz in Vallis Gennaunorum (Valgenaun) vermuthen. Wir halten sie für Celten, weil sich das etruskische Element nicht so weit nördlich erstreckt haben dürfte, und Völker und Ortschaften ihrer Umgebung celtisch sind; auch werden sie immer zusammen mit den Breuni genannt. Gegen Zeuss, der die Benlauni des Ptolemaeus für eine Entstellung von Genauni hält, lässt sich erinnern, dass „Ben" ein celtisches Wort ist, und die Leuni oder Launi eine besondere Völkerschaft ausmachen, welche wir in den celtischen Alauni wieder erkennen. Mannert führt noch die Milites Launi der Notitia Imperii an, und hält die Launi für das Hauptvolk, die übrigen für Zweige desselben. Er setzt die Launi ins untere Innthal, die Benlauni in die Umgebung von Innsbruck, und die Alauni richtig nach Salzburg. Vergleicht man hiermit die von Diefenbach angegebenen Namenscorrespondenzen: Leuni, Volk in Hisp. Tarr., Seg-alauni, Volk in Gallia Narb., Velauni, Volk in G. Aquit. und Cat-aulani in G. Belg. sammt so vielen gleichlautenden Ortsnamen, so wird man die Benlauni des Ptol. gelten lassen, und in den Launi und ihren Abzweigungen den celtischen Namen erkennen müssen. Dieser ist nebstdem vollkommen verbürgt, weil Alauni blos Beiname der celtischen Ambisontier ist. Alauni qui et Ambisontii dicuntur, sagt Ptolemaeus.

Für die Focunates giebt es keine befriedigende Erklärung, weil sie blos in der Inschrift vorkommen. Sie werden nicht celtischer Abkunft sein, wenn der ihnen angewiesene Wohnsitz von der Klause, wo der Inn nach Tirol herübertritt, bis wo der Lech es verlässt, im Mittelalter ad fauces genannt, zutreffen sollte, doch dürften sie zu weit ausgedehnt sein, weil sie am Lech mit den Licates zusammenstossen, die noch in Tirol gedacht werden müssen.

Die Inschrift giebt ferner an: Vindelicorum gentes quatuor, Consuanetes, Rucinates, Licates, Catenates, und lässt ohne Bezeichnung unmittelbar darauf folgen die Ambisuntes, Rugusci, Suanetes, Calucones, Brixentes, Lepontii, Viberi. Von den genannten vier vindelicischen Völkerschaften kennt Ptolemaeus die drei ersten, und setzt sie auch nach Vindelicien, die ihm fehlende vierte findet sich bei Strabo unter dem Namen Κλαυτινάτιοι, die von ihm ebenfalls Vindeliker genannt werden. In dieser Uebereinstimmung liegt der Beweis, dass die Inschrift ihre Abstammung und Wohnsitze richtig angab. Sie sind Celten wie alle Vindeliker. Die Consuanetes entsprechen den Consuarani in G. Narb., die Licates sind Anwohner des Lechs, Licus von „lig‟, celt. Fluss; für die Catenates findet sich die Namenscorrespondenz in Catelauni und Caturiges, auch im Personennamen Caturix, „Cat‟, celt. Kriegsheer.*) Die Rucinates, welche die Inschrift und Ptol. in Vindelicien angeben, macht Strabo irrig zu Raetiern. Ruscino, Stadt in G. Narb., scheint anzuklingen. Diese vier vindelicischen Völkerschaften verbreiteten sich nördlich von den Alpen im Flachland, zwischen den Flüssen Wertach und Lech, und die Licates im Lechthale reichten selbst über Augsburg hinaus.

Nicht Raetien oder Vindelicien, sondern dem Noricum gehören die Ambisontier an. Sie wohnen vom Pinzgau bis an das salzb. Flachland. Ihr Name lautet celtisch und ist, wie es scheint, von „amb‟, kleiner Fluss, nicht von „am-bact‟, arme Leute, abzuleiten. Sie führen den Namen vom Salzachflusse, der nach Zeuss und Diefenfach statt Igonta im Indiculus Arnonis Isonta zu lesen ist. Davon die Bisontier und Bisontia — Pinzgau, worüber die Beweisstellen bei Zeuss nachzulesen sind. Wir vergleichen mit ihnen die Sontiates des Orosius VI, 8. in Aquitanien, das oppidum Sontiatum daselbst, und den Fluss Sontius in den karnischen Alpen. Die Inschrift erwähnt der Ἀλαυνοί des Ptol. vermuthlich deshalb nicht, weil sie nur ein Beiname der Ambisontier sind, „Ἀλαυνοί οἱ καὶ Ἀμβισόντιοι‟. Schon Magnus Klein vermuthete in Alauni die Bedeutung von Salzerzeugern, und auch Zeuss findet darin eine Hinweisung auf Hallein. Er bemerkt, dass Salz cymrisch „halen‟ heisse, wozu noch „halenni‟ was Salz hervorbringt, und „halenai‟ Salz hervorbringend, zu ziehen ist. **) Gegen diese Ansicht lässt sich nicht einwenden, dass der Spiritus asper statt dem lenis gesetzt sein müsste, denn Beispiele von Verwechselung kommen selbst im Homer vor, z. B. ὔμμιν für ὑμῖν, ἠέλιος für ἥλιος. Gewichtiger scheint aber der Einwurf zu

---

*) Mone, Gall. Sprache. Sowohl diesen als den späteren Erklärungen der Ortsnamen liegen die Werke von Mone und Diefenbach und schriftliche Mittheilungen des ersteren zum Grunde.

**) Mone, G. Spr.

sein, dass obgleich Hal cymrisch Salz heisst, doch aun nicht aus
dem irischen an, d. i. Mann, erklärt werden kann, weil in einem
und demselben Worte beide Sprachen nicht verbunden werden. Hieraus folgt, dass die norischen Alaunoi nicht mit den Halloren im
sächsischen Halle gleichbedeutend sind. Hierzu kommt wohl auch,
dass, wie weiter oben erörtert wurde, der Stamm von Alauni und
Benlauni Launi sein dürfte, weil jene offenbar nur Zweige dieses
Hauptvolkes sind. Dagegen ist nicht zu übersehen, dass den in
Oesterreich gefundenen Ortsnamen Hallein, Hall und Hallstatt, das
celtische, nicht das deutsche Wort Hal — Salz zum Grunde liege,
und zwar deshalb, weil im ersten und dritten Orte noch gegen-
wärtig celtische Alterthümer gefunden werden, und weil aus dem
erwiesenen norischen Bau der Celten auf Eisen und Gold sich auch
auf den des Salzes richtig schliessen lässt. Zeuss bemerkt, dass
das Flüsschen Alen auf der Ostküste von Brittanien bei Ptol.
Ἀλαυνος heisst; Orten also, wo Salz gewonnen wurde, werden
schon die Celten den Namen davon gegeben haben. *) Das Wort
und die Sache ging von den Celten auf die Deutschen über.

Die Ruguski und Suanetes der Inschrift setzt Ptol. öst-
lich von den Brixantes. Zeuss glaubt sie um den Rücken vom Rhein
und Comersee, Barth im untern Innthale zu finden. Wir entscheiden uns mit Zeuss für die Südgrenze Raetiens, weil Ptol.
zwischen diese beiden Völker die Vennones und Colucones stellt. Im
Celtischen finden wir für Ruguski keine Analogie, die Suanetes aber
sind mit den oben vorgekommenen Consuanetes offenbar des gleichen Stammes, folglich Celten. Beide sind in Raetien. Von den
nächstfolgenden Colucones sagt Zeuss., sie seien unzweifelhaft

---

*) Zeuss meint, Hallein sei nur die deutsche Gestalt des Namens Salinae, weil
Reichenhall und Halle, nicht aber Hallein in Salzb. Urkunden vorkommen. Allein
die Stadt Hallein hiess in der älteren Zeit urkundlich Halla und Halliola, und
erst nach dem 12. Jahrh. Hallein. Dieses ist daher, wie Hallstatt, Ortsname. In
Oesterreich giebt es ein Hall bei Kremsmünster, Hall im Admontthale, Hallthal bei
Mariazell und Hall in Tirol. Nebstdem die Salinen Hallstatt und Hallein, dann
Reichenhall in Baiern. Käferstein führt an, dass man im Mittelalter die Saline „das Hall" nannte, und ihre Besitzer die Haller, ein in Oesterreish sehr ver-
breiteter Name, der aber auch eine gewisse Verrichtung bei der Saline angedeutet
haben dürfte, denn in einer Urkunde vom J. 1235 kommt ein Udalricus Hallarius
in Thauer vor, wo die Saline sich befand.

Deutsche, aus den westlichen Gegenden nach Raetien gedrängt. Ist
es so, dann lässt sich das bunte Völkergemenge in dem angeblich
ganz von Etruskern angefüllten Raetien um so weniger verkennen.
Für die Brixantes giebt es keinen Raum, wenn man sie nach
Raetien und um Brixen setzt, denn im Eissakthale, von Botzen bis
Brixen, wohnen die Isarci, jenseits Brixen aber müssen wir schon
die sehr ausgedehnten Breuni annehmen. Wenn ein raetisches
Brixia wirklich bestanden hat, was wahrscheinlich, keineswegs aber
geschichtlich begründet ist, so kann es auch Hauptort der Isarci
gewesen sein. Als Nachbarn der tridentinischen Cenomanen, welche
das italienische Brixia besassen, könnten sie wohl mit ihnen gleichen Stammes sein und die gleichnamige Stadt in Tirol erbaut haben.
Die Brixantes des Ptol. und der Inschrift, womit kein Volksname in
andern Celtenländern correspondirt, werden demnach die Brigantier
des Strabo sein, die unter diesem Namen in Irland und Brittanien vorkommen, und die sich auch als Anwohner des Bodensee's
aus dem celtischen „bri", „brig", Hügel, Anhöhe, richtig erklären
lassen, während diese Etymologie auf die Brixentes um Brixen, das
von hohen Bergen umschlossen ist, nicht passen würde. Ihnen
folgen in der Inschrift die Lepontier, ein Mischvolk von Celten
und Raetiern, nachdem die celtischen Viberi an den Quellen des
Rhodanus ein Zweig derselben sind. Nebstdem stellt Plinius die
Lepontier mit den Salassern, die selbst ein celtisch-ligurisches Mischvolk waren, zusammen und sagt, sie stammen nach Cato von den
Tauriskern ab, was hier nur im weiteren Sinne als Alpenbewohner
verstanden werden kann.*) Jul. Caesar bestätigt diese Auffas-
sung, da er sagt: Lepontii qui Alpes incolunt.**) Er setzt sie an
die Rheinquellen: Rhenus autem oritur ex Lepontiis, Ptol. aber
irrig an die cottischen Alpen. Sie wohnten vom Gotthard bis zum
Lago maggiore, und von ihrem Namen hat sich im Val Leventina
noch eine Spur erhalten. Wahrscheinlich wurden sie nach Raetien
verdrängt, wo sie sich dann mit Raetiern vermischten, denn ihre
Verwandtschaft mit den Viberi und ihre ursprüngliche Herkunft aus

---

*) Hist. nat. III. 24.
**) Bellum gall. IV. 10. — Es soll aber nicht unbekannt bleiben, dass die
Römer die Alpenbewohner immer mit Alpini oder in seltnen Fällen mit Montani
bezeichneten.

den Alpen neben den Salassern macht es klar, dass sie nicht rein raetischer Abstammung sind.

Eine Ergänzung des nicht ganz vollständigen Völkerverzeichnisses der Inschrift geben uns Plinius und Strabo. Als Euganäer bezeichnet Plinius die Triumpilini, deren Andenken sich im Namen des Thales Trompia enthalten hat. Raetisch nennt er die Städte der Fertiner (Feltriner) und Berunenser, die an der Piave wohnten. Von den auch bei Strabo gefundenen Stoni sagt er, sie seien das Hauptvolk der Euganäer. Diese Stoni nun, offenbar die bedeutendsten unter den euganäischen Völkern, erweisen sich eben auch nur als ligurisches Mischvolk. Bei Gruter findet sich eine Triumphalfasteninschrift folgenden Inhalts: Q. Marcius. Q. F. Rex. Procos. A. DCX. III. N. Dec. De Ligurihus Stoenis. *) Noch erwähnt Plinius der Saruneter an den Rheinquellen und sagt, sie und die Vennoneter seien das Hauptvolk der Raetier. Zeuss vermuthet, dieser nicht wieder vorkommende Name sei aus Suanetes verschrieben. Inzwischen giebt es ein Sarna oder Sarnis und Sarnthal in Tirol, in denen eine Andeutung von diesen Saruneten liegen könnte. Strabo macht uns mit den Estionen bekannt, mit Vindelikern, deren Hauptsitz Kempten, das celtische Campodunum war, in dem die Abstammung des Volkes sich verkündet. — Welches Resultat verschafft uns nun diese Untersuchung über sämmtliche bekannte Völkerschaften Raetiens? Unstreitig die Ueberzeugung, dass dieselben keinesweges alle etruskischer Abstammung sind, dass die Raetier vielmehr ein aus euganäischen, tuskischen, ligurischen und celtischen Bestandtheilen gemengtes Volk sind, und dass, nachdem der Name Raetier ein Collectivname ist, es sich gar nicht ermitteln lässt, wo die unter Raetus eingewanderten Schaaren hingekommen sind, wie man sie erkennen, und wo man ihre Wohnsitze suchen soll. Die Geschichte giebt keine Merkmale der Unterscheidung des etruskischen Stammes unter den zahlreichen kleinen Völkerschaften an, denn sind jene wirklich Etrusker, die sie als Raetier bezeichnet? Wir müssen annehmen, es sei so, in

---

*) Gruter S. 298. Stonos, der Hauptort der Stoni, dürfte allenfalls das heutige Steniko sein; ob aber die Sarunetes an den Fluss Sorne, wohin Hormayr sie setzt, gehören, ist zweifelhaft. Ueberhaupt sind die Ortsanweisungen dieses Schriftstellers mit Vorsicht zu gebrauchen.

welchem Falle jedoch selbst auf das eigentliche, das erste Raetien nicht durchgehends eine etruskische, sondern eine gemischte
Bevölkerung kommt, während ganz Vindelicien, das als zweites
Raetien in der römischen Reichseintheilung erscheint, wegfällt, weil
dessen Völker und Städte celtisch sind. Eine Abgrenzung der
Gebiete dieser verschiedenen Stämme lässt sich auch nicht machen,
weil gerade im eigentlichen Raetien die Völkerkarte am buntesten
geworden ist. Wir können mit Sicherheit annehmen, dass ausser
den gefundenen Euganäern, Ligurern und Celten noch andere zu-
geflossene Völkerschaften dagewesen sind, und die Etrusker, die wir
nirgends herausfinden können, in den weit zahlreicheren Stämmen
der Euganäer, deren Abkunft von den Geschichtschreibern ausdrücklich angegeben ist, aufgegangen sind. Wenn Livius das bis zur
Unkenntlichkeit gediehene Sprachverderbniss der Raetier beklagt,
so trägt allerdings Sittenverwilderung hieran einen Theil der Schuld,
doch erklärt sich dieser Umstand anderntheils auch durch die Vermischung der alten mitgebrachten tuskischen Sprache mit denen
anderer eingewanderter Völker. Blicken wir auf das ursprüngliche
Verhältniss zurück, so bedarf es eben keines Beweises, um zu erkennen, dass nicht die etruskischen Flüchtlinge, sondern die Euganäer die Herren der Alpen waren, so lange bis die Celteneinwanderung erfolgte, wodurch auch diesen die Herrschaft aus den
Händen gewunden wurde. Die nämlichen Celten, die nach Trogus Tridentum inne hatten, übten zuverlässig auch Gewalt über
die Tridenter und besassen im eigentlichsten Sinne ihr Gebiet.
Sehr richtig bemerkt O. Müller von der Stellung der italienischen
Celten zu den von ihnen unterworfenen Etruskern: „Dass viele Tusker unter den Celten als freie Leute sitzen geblieben wären, ist
sehr unwahrscheinlich. Die Celten waren sich selbst zahlreich genug,
und wollten das Land nicht beherrschen, sondern besitzen. Auch
findet sich so gut wie nichts von tuskisch beschriebenen Grabstei-
nen und andern Denkmälern im Paduslande." Zuverlässig fand das
nämliche Verhältniss auch in Raetien statt. Auch dort waren die
Celten überlegen an Zahl, und reichten in einer ununterbrochenen
Folge von Tridentum bis ins Zillerthal, und von Bregenz bis ins
Donauthal. Sie, nicht die Raetier = Etrusker oder die Euganäer,
waren das herrschende Volk dieses Landes, in welchem die
grösseren Gewässer, der Bodensee, der Eisack, die Iller, die Sill,

der Inn u. s. w. celtische und nicht etruskische Namen führen. Der eben angewendete Beweisgrund dient zugleich, der Celten sehr frühzeitige Einwanderung in Tirol glaubhaft zu machen. Die Römer hatten bei ihrem Alpeneroberungszuge im J. 13 n. Chr. die celtischen Völkerschaften und ihre Städte und Burgen schon vorgefunden, die Einwanderung war also lange vorher geschehen, wor auf auch ihre allseitige Ausbreitung und der Umstand schliessen lässt, dass Raetien ringsum von Celten der Nachbarländer umgeben war. Von Italien her geht die celtische Einwanderung ein volles Jahrtausend vor Chr., nämlich bis zu dem Zeitpunkte zurück, als die Celto-Gallier Tridentum in Besitz nahmen und den Euganäern Verona entrissen. In eine spätere Zeit fällt sodann die Einwanderung vom Westen und Osten. Während wir uns vorstellen, die nach Schwaben bis über Augsburg ausgebreiteten Licaten seien von Tirol so weit hinausgerückt, wird es gerade umgekehrt sein; längs dem Lech wanderten sie dahin ein, und jene Masse, welche dort keinen Raum fand, blieb im Lechthale, d. i. an der Strasse sitzen, die sie, gewohnt Flüssen nachzuziehen, dahin eingeschlagen hatte. Diese und vielleicht alle vindelicische Völkerschaften dürften jenem Celtenzuge angehören, von dem der J. Caesar sagt: propter hominum multitudinem agrique inopiam trans Rhenum colonias mitterent. Wie hier von der Westseite, so wanderten von der Ostseite, von Illyrien, andere Celtenvölker, namentlich die Breuni und Genauni, ein. Sie schlugen den Weg an der Drave durch das Pusterthal ein, wo die ebenfalls celtischen Ambidravi, Drauanwohner, und die Pyrrusten ihre Wohnsitze hatten. Wahrscheinlich bildeten die ersteren blos eine Abtheilung der Breuni, und wie diese ihren Namen von den Bergen, die sie bewohnten, entlehnten, so jene vom Flusse. Die Ambidravi werden am Ursprunge der Drau, nämlich in der Gegend von Aguntum (Innichen) und bis über Lienz hinaus gewohnt haben, weil Isel, der daselbst mit der Drau sich vereinigende Fluss, ein celtischer Name ist. Breuni und Genauni, welche bei den Alten häufig zusammen genannt werden, dürften auch zusammen eingewandert sein. Helenius Acro, einer von den älteren Erklärern des Horaz (und Terenz), nennt die Lib. IV, Ode 14 angeführten Breuni und Genauni ausdrücklich Gallier. *)

---

*) Ge, bei Genauni dürfte blos collect. Präfix sein. Hormayr giebt im

Strabo's Angabe, nach welcher Breuni und Genauni illyrische
Völkerschaften wären, hat vermuthlich in den Einwanderungen celtischer Völker aus Illyrien und in der dahin führenden Strasse (Pusterthal) seinen Grund. Er nahm an, Völker die von Illyrien gekommen waren, müssten auch Illyrier sein. Man kann die Einwanderung von dort
unbedenklich in das vierte Jahrhundert vor Chr., in die Zeit setzen,
in welcher schon Uebervölkerung, die zu den späteren Zügen nach
Griechenland und Kleinasien Anlass gab, sich fühlbar machte. Aber
in ebenso frühe Zeit dürfte die Einwanderung von Westen gehören,
in die nämlich, von der J. Caesar sagt: At fuit antea tempus
quum Germanos Galli virtute superarent, denn damit bringt er unmittelbar den wegen Uebervölkerung und Fruchtmangel geschehenen
Rheinübergang und die Colonisirung der um den herzynischen
Wald gelegenen fruchtbaren Landstriche von den Volcä Tectosagen in Verbindung. Nahe liegt die Vermuthung, dass von diesem
mächtigen Celtenstamme aus Gallia Narbon., welcher von den Pyrenäen bis an den Rhodanus sich ausbreitete, die Vindeliker herzuleiten seien, denn bei diesen finden wir die Flussnamen Isarus
und Virdo, bei den Volcä aber die Isara und den Vardo, dann den
Vindalicus von Vindalum, wo er in den Rhodanus fällt, und
selbst den Attagus, der Strabo's Ἀταγις in Raetien entspricht.
In der Form Vindalikus haben wir den Landesnamen Vindelicien, zusammengesetzt aus Vindo und Likus, woraus erhellt, dass Virdo und
Vindo keinesweges, wie bisher angenommen war, identisch sind, denn
der gallische Vardo nimmt die Form Vindo vom Ortsnamen Vindalum
an, und dies geschieht nicht früher, als bis er dasselbe in seinem
Laufe berührt. Dagegen kann es keinem Zweifel unterliegen, dass
Vindelicien aus Vindo und Likus, ebenso wie Vindo-bona, oder
Vindo-magus zusammengesetzt ist. An die Einerleiheit der Flussnamen bei den Volcä und Vindelikern reiht sich auch noch der
Ortsname Cassiomagus und Carcassio bei jenen, und Cassiliacum
bei diesen. Die Consuarani gehören den Ersteren, die Consuanetes den Anderen an. Fassen wir diese Namenscorrespondenzen

---

Nonsthale Nauni an, was aber ebenso nur auf eine Wortspielerei hinauslaufen
dürfte, wie dies bei den Suaneten der Fall ist, die er nach Oberösterreich um
Schwanstadt versetzt, und bei den Ruguskern, für die er den Hausruckkreis
idealisirt.

mit der geschichtlichen Thatsache von den Niederlassungen der
Volcä Tectosagen in den am herzynischen Walde gelegenen Land-
strichen, d. i. in Würtemberg und Baiern zusammen, so dürfte
hierin eine zureichende Begründung für unsere von der Stammesverwandtschaft der Vindeliker mit den Tectosagen aufgestellte Ansicht gegeben sein. — Plinius erzählt V, 35, dass die Cenomanen bei ihrer Einwanderung in Italien, in der Gegend von Brixen
und Verona, wo sie sich niederliessen, ein älteres Volk, nämlich
die Libui, verfanden. Diese Libui nennt er zwar XXI, 38 Gallier,
doch ist es sehr wahrscheinlich, dass sie identisch mit den Libici
und Ligurern sind, die, verdrängt von den Cenomanen, mit den
von diesen ebenfalls vertriebenen Euganäern nördlicher in die Alpen zogen. Vielleicht sind sie jene Ligurer, die wir aus der oben
angeführten Inschrift bei den Stoni kennen gelernt haben. Wenn
wir also zu diesen beiden Völkerschaften die aus Anlass des gallischen Einfalls ebenfalls nach den Alpen geflüchteten Etrusker hin-
zurechnen, und diesen die Thäler anweisen, so werden wir die drei
Hauptabtheilungen der Raetier bestimmt haben, denn obgleich man
fast darüber einig ist, dass bei dem Einfall der Gallier, wodurch
alle Völker zur Seite gedrängt wurden, auch Umbrer sich in die
Alpen geworfen haben, so steht dieser Ansicht doch die Thatsache
entgegen, dass gerade die Umbrer am adriatischen Meere sich in
ihren Wohnsitzen gleich den Venetern behaupteten und, wiewohl
später auf eine kurze Zeit von den Senonen daraus verdrängt, sie
wieder einnahmen und bis zur Römerherrschaft inne hatten. Macht
man aber die Euganäer zu Umbrern, so begreift sich ihre Vertreibung nicht, nachdem die Umbrer den Venetern weit überlegen, mithin
im Stande waren, ihre Stammesgenossen gegen diese zu schützen.
Die Euganäer mussten aber auch selbst zahlreich und mächtig gewesen sein, weil Cato bei Plinius 34 Städte angiebt, welche sie
besessen haben sollen.*) Umbrer und Veneter müssen also bei
ihrer Vertreibung zusammen geholfen haben. Noch geringere Wahrscheinlichkeit hat die Meinung für sich, die Euganäer seien Etrus-

---

*) Diese Angabe scheint uns verdächtig zu sein, weil Cato keine dieser 34
Städte nennt und anzunehmen ist, dass unter ihnen eine als Hauptort oder einige
hervorgeragt haben werden. Es ist diese Weglassung der Namen auch ganz gegen
die Gewohnheit aller übrigen alten Geschichtschreiber und Geographen.

ker, denn sie waren ja früher als diese und die Veneter da, auch dürfte eben die Einwanderung der letztern Ursache ihrer Vertreibung geworden sein. So wenigstens stellt Livius I, 1. den Sachverhalt dar. Anders aber verhält es sich mit der Anschauung von einer Ausbreitung der Umbrer in die Alpen, an deren Fuss sie sassen, zur Zeit ihrer Blüthe und Macht. Der Handel ist es, der den Alpen von der Südseite die erste Bevölkerung zuführte, der vermuthen lässt, dass Liburner, Umbrer und selbst Etrusker darin vordrangen und Niederlassungen für den Waarentausch- und Transport gründeten. Wenn Plinius vom ciminischen Walde in Etrurien sagt, er sei (im J. 444 nach E. R.) schauerlicher und unwegsamer als zu seiner Zeit die germanischen Wälder gewesen, so dass selbst Kaufleute ihn unbetreten liessen *), so liegt in diesen Worten der klare Beweis, dass die Züge der Handelsleute Bahn in den Alpenwildnissen brachen. Inzwischen lassen sich diese Vermuthungen, aus gänzlichem Abgang von bestimmten Nachrichten nicht zur geschichtlichen Wahrheit erheben; wir halten daher an den gegebenen drei nachgewiesenen Stämmen der Euganäer, Etrusker und Ligurer als älteste Bewohner der südlichen Alpenhänge Raetiens fest, und räumen Vindelicien, der durchgeführten Untersuchung gemäss, durchgehends celtische Bevölkerung ein, von Niebuhr's längst widerlegtem, auf des Scholiasten Servius Angabe gestüzten Satze: die Vindeliker seien Liburner, ganz absehend. Noch im Süden, vom Tridentinischen aufwärts bis Brixen, und von hier in ganz Nordtirol und im angränzenden Baiern und Salzburg bis ins Donauthal, finden sich erwiesen nur celtische Urvölker.

In ununterbrochener Reihenfolge treffen wir in nördlicher Richtung Cenomanen, Isarci, Pyrrusten, Ambidravi, Breuni und Genauni. Nicht minder finden wir selbst in den westlichen Gegenden Celten, nämlich die Suanetes und Consuanetes, die Vennonen und die ver-

---

*) Silva erat Ciminia magis tum invia atque horrenda, quam nuper fuere Germanici saltus, nulli ad eam diem ne mercatorum quidem adita, eam intrare haud fere quisquam, praeter ducem ipsum, audebat. Aus dieser Schilderung von einem in Italiens Mitte gelegenen, 444 ab u. c. noch gänzlich unbewohnten Walde wollen Jene, welche die raetischen und tridentinischen Alpen 1100 Jahre und noch früher vor Chr. mit Rasenern angefüllt sein lassen, den Grad der natürlichen Wahrscheinlichkeit ihrer Hypothese bemessen.

muthlich zu ihnen gehörenden Coluconen. Da uns nun der Süden nur eine gemischte Bevölkerung zeigt, Ligurer mit Euganäern, Celten mit Raetiern (die Lepontier und Tridentiner), so finden die Alpenetrusker nirgend rein sich heraus, und man ist gezwungen mit Zeuss zu sagen: „Beide Völker (Raeten und „Vindeliker) sind celtischer Abstammung, doch ist bei den Raeten „eine Einschränkung zu machen; keineswegs sind alle Völker, welche „unter der Gesammtbezeichnung Raeten vorkommen, vom Stamme „der Celten. An den Südabhängen der Alpen haben einzelne Völker „fremder Abkunft sich erhalten." Sollte diese fremde Abkunft näher bestimmt werden, so könnten wir nur muthmasslich die Fertiner, Berunenser, einen Theil der Lepontier, die Saruneter, die Rugusker und Focunates als Etrusker bezeichnen, und in den Tridentinern Reste derselben zugeben, denn die Triumpilini, Camuni, Stoni sind ausdrücklich Euganäer genannt, auch lässt unsere Bestimmung der Forschung und Combination zuverlässig noch einen weiten Spielraum. An eine ursprünglich da gewesene grössere Zahl von etruskischen Völkerschaften und deren Vertreibung aus Raetien ist nicht zu denken, denn gegen diese Annahme streitet, dass in den Nachbarprovinzen oder in ferneren Ländern nirgend Raetier oder Etrusker gefunden werden. Selbst durch Nachwanderungen aus ihrem Stammlande konnten sie sich nicht vermehren und weiter ausbreiten, weil zwischen ihnen und Etrurien die insubrischen Gallier in der Mitte lagen und sie absperrten. Es scheint, dass die tuskischen Alpencolonisten den Römern im Laufe der Zeit völlig bedeutungslos geworden seien, denn es sind Andeutungen von einer Anschauung Raetiens als einer blossen Fortsetzung von Gallia cisalpina gegeben; bei Zosimus z. B., der die Legionen aus Raetien und Noricum ohne Unterschied celtische nennt: Norici et Rhaeti Legiones Celticae, oder bei Dio Cassius, der den Rhein aus den celtischen Alpen entspringen lässt: Rhenus ex alpibus Celticis paulo supra Rhaetos oritur, oder bei Plinius, wo das gallische Raetien als Land der Erfindung des zweirädrigen Pfluges angegeben ist: Vomera plura genera . . . . Non pridem inventum in Rhaetia Galliae, ut duas adderent alii rotulas, quod genus vocant planarati; oder endlich K. Julian: Quae regiones (Romani imperii) ultra Alpes sunt ad septentrionem Galatae ac Rhaeti. Lässt sich verkennen, dass Raetien in diesen

Stellen als ein gallisches, den Uebergang in das eigentliche Celtica bildendes Land, theils mit, theils ohne Unterscheidung seines nicht celtischen Bestandtheiles, von den Römern aufgefasst ist? Abgesehen von der lächerlichen Eitelkeit der Tiroler, welche ihr Ländchen aus den in der Einleitung entwickelten Gründen zu einem tuskischen Ursitze zu machen streben, und es von einer Landesgrenze bis zur andern und auch darüber hinaus mit Tuskern anfüllen, geriethen Unbefangene in diesen Irrthum theils durch die Niebuhr-Müller'-schen Rasener-Träume, theils weil sie den Angaben des Justin, Plinius und Livius über die tuskische Einwanderung in die Alpen einen weitern Verstand, als diese Schriftsteller hineinlegten, gaben. Schreitet man gegen diesen Irrthum auch noch in Beziehung auf die Begrenzung des eigentlichen Raetiens ein, so ist zwar die Beweisführung auch diessfalls eine mögliche, doch aber eine schwächere, weil uns die Alten hierüber wenig mitgetheilt haben. Strabo IV, 5. und VII, 1. sagt: Das östliche und südliche Gebirg bewohnen die Raetier und Vindeliker, welche an die Helvetier und Bojer gränzen und bis zur Ebene ihres Gebietes sich hinziehen. Auch erstrecken sich die Raetier über Verona und Como bis nach Italien. Ferner erstrecken sie sich bis zu jener Gegend, welche vom Rheine durchflossen wird. Vindeliker und Noriker wohnen mehrentheils an der äussern Gebirgsseite mit den Breunern und Genaunern, die jedoch schon illyrische Völker sind. An den Rhein und den grossen See, in welchen er sich ergiesst, stossen die Raetier und Vindeliker, welche zum Theil an den Alpen wohnen, und zum Theil über sie hinaus. Das Gebiet der Raetier berührt den See auf einer kurzen Strecke. Die Raetier und Noriker reichen bis zu den höchsten Alpen und bis Italien. Einige grenzen an die Karner und die Landstriche um Aquileja, andere an die Insubrer. Ueber Como, welches am Fusse der Alpen liegt, haben auf der einen Seite Raetier und Venonen, auf der andern die Lepontier, Tridentiner und Stoner und andere kleinere, arme und räuberische Völkchen, welche in früherer Zeit Italien inne hatten, ihre Sitze.*) Aus dieser wenig genauen Darstellung geht jedenfalls

---

*) Grosskurd Erdbeschr. des Strabo S. 352 übersetzt $\varkappa\alpha\tau\acute{\epsilon}\chi o\nu\tau\alpha$ $\tau\eta\nu$ 'Ιταλιαν $\grave{\epsilon}\nu$ $\tauο\~{\iota}\varsigma$ $\pi\varrhoό\sigma\vartheta\epsilon\nu$ $\chi\varrhoό\nuο\iota\varsigma$, die in früheren Zeiten Italien besetzten, was historischer richtiger als „inne hatten" ist, denn diese Völkchen hatten Italien

hervor, dass die Raetier im Süden auf dem Alpengesenke bis zu
Gallia Cisalpina, und im Westen bis an die Rhein- und Innquelle
reichten. Das geographische Verhältniss gegen Noricum lässt er
unbestimmt, sagt uns aber, dass die Vindeliker grösstentheils die
nördliche Ebene bewohnten. Ptolemäus bestimmt genauer. Seine
Grenzen sind im Westen der Gotthard (Mons Adula) und eine Linie
zwischen der Rhein- und Donauquelle. Auf der Ostseite bildet sie
der Inn, unbestimmt wo, im Norden die Donauquelle bis zur Inn-
Mündung, und im Süden der Alpenzug bis Italien. Zur Grenzscheide
Raetiens und Vindeliciens macht er den Lech von seiner Quelle an,
versetzt ihn aber, wie Mannert nachgewiesen hat, genau an den
Ursprung des Inns. Für eine völkerschaftliche Begrenzung ist na-
türlich mit diesen Bestimmungen nichts gewonnen, doch geht bei
ihrer Anwendung auf Tirol jedenfalls daraus hervor, dass Raetien
von Vindelicien getrennt war, dieses also ganz, und nebstdem jener
Theil von Noricum wegfällt, der nach Tirol herüber reicht. Mu-
char*) bestimmt denselben nach Venantius Fortunatus, Magnus
Klein und Resch folgendermassen: ,,Noricum wird westlich am si-
chersten begrenzt durch eine Linie, welche man von den südlichen
Alpen aus der Gegend des heutigen tirolischen Ennebergs hinauf
an jenen Punkt der Rienz (Pyrrhus der Pustererbach, im Mittelalter Rionchus genannt), wo sich dies Flüsschen stracks gegen Süden
wendet (ubi Pyrrhus vertitur undis) und von dort bis an die Mitte
des Innstroms, in die Gegend des heutigen tyrolischen Schwaz zieht.''
Oestlich und nördlich erscheint demnach der auf Tirol entfallende
Theil von Raetien so eingeengt, dass die Behauptung, ganz Tirol
sei raetisches Land gewesen, sich in der Untersuchung über die
Grenzen desselben eben so unwahr erweist, als dies durch den
vorhergehenden Nachweis über die Abstammung der raetischen
Völker dargethan worden ist.

Wie gezeigt, kömmt allen bisher besprochenen und von uns
als irrig bezeichneten Angaben über das Verhältniss der Alpenetrusker zu denen der Ebene von der Geschichte keine Unterstützung. Untersuchen wir also, ob die Alterthumskunde eine

---

niemals inne. Die an den Landstrich von Aquileja grenzenden Stämme sind, wie
es sich von selbst versteht, und wie Strabo IV, 6. ausdrücklich angibt, Noriker.

*) Celtisches Noricum S. 10.

darbietet. Wenn die angeblichen Rasener wirklich die Stammväter der Etrusker und uranfänglich Bewohner der Alpen waren, so müssen sich in ihren Ursitzen um so gewisser zahl- und belangreiche Spuren von ihnen finden, als sie dieselben nie ganz verliessen, sondern als Raetier zurückblieben. Es ist nun die Frage, was besitzt Tirol von etruskischen Alterthümern? Obenan unter diesen stehen die bis auf diesen Tag in Toskana erhaltenen zahlreichen Felsengräber und jene bewunderungswürdigen Steinbauten, die den Charakter eines allen Zeiten Trotz bietenden Werkes an sich tragen. Vergeblich würde man sich in Tirol nach derartigen Alterthümern umsehen. Es ist nichts, selbst nicht eine Spur davon da. Weder giebt es daselbst Gräber, die in den lebenden Fels gehauen wären, noch solche, die, wie die celtischen oder römischen, auf der Oberfläche der Erde angebracht sind. Von anderen Bauwerken, z. B. Thore, Canäle, Wasserschutzbauten, Gewölbe u. dgl., ist ebenfalls nichts vorhanden, und auch dies wahrhaftig nicht der geringste Beweis gegen die tuskische Alpenabkunft, dass kein einziger von den Etruskern in Tirol erbauter Ort bekannt ist, da doch gerade dort von dem Volke zahlreiche Städtegründungen stattgefunden haben müssten, welches durch dieses Culturstreben den Beinamen Tyrrhener erwarb. Etruskische Töpferarbeiten befinden sich in allen Sammlungen Europens, denn von diesem Kunstzweige hat Toskana eine ungeheure Menge geliefert. Vasen waren einer der gemeinsten Gebrauchsgegenstände der Etrusker, Tirol hat aber nicht eine einzige gemalte Vase aufzuweisen. Sein ganzer etruskischer Kunstschatz besteht in einem Kessel mit eingegrabener Schrift, in einem Metallspiegel, und in einer kleinen Anzahl von Haften, Messerchen, Schnallen und anderen solchen kleinen Bronzen, die unserer Erkundigung zufolge nicht aus Gräbern gewonnen wurden, sondern zerstreut in der Erde lagen. Hiervon macht blos der erwähnte Metallspiegel eine Ausnahme. Man fand ihn im Jahre 1844 in der Nähe von Matrei, zwar nicht in einem Grabe, unzweifelhaft aber auf einem Grabfelde, nachdem mehrere Aschenkrüge nebenbei ausgegraben wurden. Das Aussehen dieses Spiegels, dem die Handhabe fehlt, ist unläugbar ganz etruskisch. Die eine Hälfte der in diese Bronzeplatte eingegrabenen Vorstellungen enthält ein Pferderennen, wie es bei den Tuskern üblich war, die andere gehört dem Götterkreise an. Wie Mantus einen Todten abholt, erkennen wir

in einer dieser Scenen eben so deutlich und bestimmt, als den
Wettkampf auf einer andern gefundenen Platte in Begleitung der
bei jeder Pompa gebräuchlichen Flötenspieler, deren Erkennungs-
zeichen Kränze auf ihrer Kopfbedeckung sind, welche den übrigen
Choristen mangeln. Die Wettkämpfer tragen das kurze, stämmige,
feiste Aussehen der Etrusker an sich, auch kann die Verbrämung
des Gewandes der Götter als ein besonderes Merkmal dienen. Zu
allem, was den etruskischen Charakter dieser Bronzeplatte andeutet,
tritt endlich auch noch eine Schriftzeile mit sieben Zeichen hinzu,
deren keines dem etruskischen, aber auch keines dem ältesten celt-
iberischen oder turdetanischen Alphabete, oder jener in den Monu-
mentis Patavinis enthaltenen celto-gallischen Biga-Inschrift mangelt,
welche die älteren italienischen Antiquare einstimmig für eine gallische erkannt haben. Ganz gleiche Bewandniss hat es mit einer
von Giovanelli edirten Kessel-Inschrift; sie gleicht den angeführten celtischen Schriftproben fast auf ein Haar. Der Kessel,
welcher diese fünfzeilige Inschrift trägt, wurde in Cembra frei aus
der Erde gegraben, und ist mit ihr in Giovanelli's Schrift:
Pensieri dei Rezi, Trento 1844 abgebildet; aber die Kessel-Inschrift allein sammt der Abbildung des Matreier Spiegels enthalten
die Antichità Rezio-Etrusche scoperte presso Matrej, Trento 1844
vom Nämlichen. Endlich gab noch Prof. Albert Jäger seiner
in die Sitzungsberichte der Wiener Akademie der Wissenschaften
v. J. 1851 aufgenommenen Schrift: „Ueber Leistungen auf dem
Gebiete der Alterthumskunde in Tirol" die Abbildungen des Matreier Denkmals bei*).

Der Beweis, dass die Biga-Inschrift der Monumenta Patavina
wirklich celto-gallisch ist, beruht auf der über ihr angebrachten
gallischen Biga mit dem kampfgerüsteten Streiter. Wie bekannt,
war der zweirädrige Streitwagen, celtisch essedum, und der ihn
lenkende Krieger essedarius (Ausdrücke, welche das Bürgerrecht in
der lat. Sprache erwarben) eine den Galliern eigenthümliche Waffen-
gattung, mit welcher die Römer in der Schlacht von Sentinum
i. J. Roms 457 das erste Mal Bekanntschaft machten.**) Cäsar

---

*) Wir führen diese Schriften desshalb genau an, weil zumal die in Wälsch-
Tirol oder in Italien erscheinenden dem deutschen Publikum häufig unbekannt
bleiben.

**) Livius 10. 38.

fand dieselbe auch in Brittanien.*) Er und Diodor beschreiben den Streitwagenkampf und die Biga ausführlich, und den Angaben des letztern entspricht die Biga der patavinischen Inschrift so vollständig, dass dieser dadurch wirklich das Merkmal gallischen Ursprungs aufgedrückt wird. Die Vergleichung ihrer Schriftzeichen mit denen der tirolischen Inschriften ist somit vollkommen und um so gewisser gerechtfertigt, als wir uns auch noch mit den oben erwähnten, von der Academie celtique edirten beiden Alphabeten beriethen. Dieser Einerleiheit der verglichenen Schriften gesellt sich vollends noch der auffallende Umstand bei, dass in den Celtengräbern zu Hallstatt in Oberösterreich ebenfalls eine Bronzescheibe und ein Metallkessel, ähnlich denen von Matrei und Cembra, gefunden worden sind, leider aber ohne Schrift.**) Wir wollen mit diesem Gegeneinanderhalten der Denkmäler weniger den Zweifel an dem etruskischen Charakter der tirolischen anregen, als vielmehr unseren früheren Ausspruch von der Urverwandtschaft der Celten und Etrusker mit handgreiflichen Beweisen belegen. Hier haben wir es nur noch mit der von der tirolischen Etruskomanie aus dem Matreier Funde gezogenen falschen Folgerung zu thun, die darin besteht, dass man, mit Hinweisung auf denselben, Etrusker auch in Nordtirol behauptet. Inzwischen zerfliesst dieser Wahn wie Nebel an der Sonne, wenn man die den Matreier Fund begleitenden Umstände näher ins Auge fasst. Keineswegs wurde derselben aus einer etruskischen Todtenkiste oder einem Felsengrab erhoben und keineswegs mit anderen etruskischen, wohl aber mit celtischen Beigaben. Zwei Schritte von der Stelle entfernt, an der man die etruskische Bronzescheibe ausgrub, fand man zwei (wunderschöne)

---

*) Cäsar B. g. IV. 24, 33. Diodor IV. 19. Bezeichnend für den Fortbestand des Gebrauchs der celtischen Biga gerade in der Landschaft, wo die oben genannteInschrift gefunden wurde, ist eine im vorigen Jahre in Padua, laut eines Correspondenz-Artikels der A. A. Z., vor sich gegangene grossartige Wettfahrt mit der Biga. Man kann in diesem Vorgange unmöglich die Fortpflanzung der gallischen Sitte auf unsere Zeit verkennen, denn das Padusland war im Besitze der Gallier, von denen, wie es scheint, die Etrusker in Toskana die Biga entlehnten, doch ohne ihr eine Anwendung im Kriege zu geben.

**) S. Jos. Gaisbergers Schrift: Die Gräber bei Hallstatt, Linz 1848. Wir bemerken, dass nicht Halstadt, sondern Hallstatt, d. i. Salzstätte, zu schreiben ist.

Streitmeissel oder Celta, die den Etruskern ganz fehlten, den Celten dagegen eigenthümlich waren. Ferner fand man auf jenem Felde Fibeln, Ringe, Messer, sogenannte celt. Korallen, Ringe, und andere Anticaglien, die celtischen Ursprung verrathen. Die Aschenkrüge waren, wie die meisten celtischen, von gebrannter schwarzer Erde, meist ohne alle Verzierung, also in dieser Hinsicht, wie nicht minder im Materiale, den etruskischen ganz unähnlich.*) Hierzu kömmt, dass gerade in der Gegend, wo der Matreier Fund gemacht wurde, nämlich um das Brennergebirg herum und im Wipthale, die celtischen Breuni ihre Wohnsitze hatten. Alles berechtigt demnach, zu schliessen, dass das Matreier Grabfeld ein celtisches ist, und der etruskische Metallspiegel, der vereinzelt darin entdeckt wurde, zum Geräthe eines daselbst beerdigten Celten gehörte. Wäre das Vorkommen des einzelnen etruskischen Matreier Objects ein Beweis von Ausbreitung der Etrusker bis dahin, so müsste man wegen eines derartigen Fundes diese Ausbreitung bis Glauheim in Baiern, bis Negau in Steiermark, ja selbst bis in die Wallachei annehmen, denn selbst in diesem fernen Lande ist etruskisches Geräthe mit Schrift entdeckt worden.**) Nachdem aber selbst zu Lorch (dem

---

*) Von dem Vertrauen, welches die Angaben tirolischer Schriftsteller verdienen, hier ein Pröbchen. Kink Vorlesungen etc. giebt S. 24 an, zu Matrei seien Vasen mit Inschriften und Zeichnungen von Menschen und Thierfiguren und Gruppen derselben gefunden worden. Giovanelli, der diese Funde in der Schrift Le antichitá Rezio-Etrusche etc. beschreibt, sagt von den Gefässen S. 7: Le olle cinerarie sono di creta cotta, nera e proveniente da una cava, contenente uno schisto decomposto, commisto a pezzetti di pietra bianca strittolata. Tutte queste olle sono ordinarissime e di semplici forme e comuni, non operate col torno, ma fatte a mano, taluna soltanto è foggiata a striscie punteggiata, tutte lavoro di rozza officina e pesanti.

**) S. Dennis Städte und Begräbnissplätze Etruriens 1. Band, Einleitung S. XI. Note 26. Micali nennt die Schrift der in der Wallachei gefundenen goldenen Kette eine euganäische, allein was ist euganäisch, was wissen wir von euganäischer Kunst? Selbst wenn Plinius V. 33. sagt, die Tusker hätten jenseits des Padus alles Land mit Ausnahme des Winkels der Veneter besetzt, so folgt daraus noch nicht, dass die in diesem Landstriche gefundenen Alterthümer euganäische sind; man müsste sie richtiger den Venetern beimessen. In Tirol, wo die vertriebenen Euganäer selbst noch unter Römerherrschaft fortbestanden und dem Anscheine nach zahlreicher als die Tusker waren, hat man nie Euganäisches entdeckt. — Eine im J. 1835 bei Unter-Glauheim in Baiern ausgegrabene Urne von Goldblech und getriebener Arbeit, in der Form eines Eies, die Asche eines Kindes

alten Laureacum) in Oberösterreich Ziegel mit punischer oder nu-
midischer Schrift entdeckt worden sind*), so müssten wir aus diesem Vorkommnisse ohne weiters auf eine afrikanische Bevölkerung
daselbst schliessen, wollten wir den von den Tirolern aus dem
Matreier Funde gezogenen Schlüssen gerecht werden, Wie weit
diese Voreiligkeit zuletzt führen würde, braucht nicht gezeigt zu
werden, dagegen ist hier der rechte Ort, auf die aus der tirolischen
Etruskomanie bereits entstandene Verwirrung in der Geschichte
aufmerksam zu machen, und besonders fremde Gelehrte vor ihr
zu warnen.**)

Tirol besitzt keine anderen etruskischen Denkmäler als die
hier angezeigten von Matrei, und die im Ferdinandeum (Landes-
Museum) zu Innsbruck aufbewahrten Anticaglien von Bronze. Fälschlich aber gab man einiges für etruskisch, anderes für römisch

---

enthaltend, erkennen wir für ein etruskisches Erzeugniss, da ähnliche Urnen mit
Kinderfigürchen in Thon im Museum Greg. Etruscum und in den Sammlungen
in München sich befinden. Die Glauheimer Urne lag zwischen kupfernen Gefässen
in der Mitte. Diese, ein Kessel und angebliches Casserole, sind nicht, wie man
meint, Kochgeschirre, sondern heilige Gefässe, deren man sich bei den religiösen
Verrichtungen der Kindesbestattung bediente. Vermuthlich war der Vater dieses
Kindes ein römischer Krieger höhern Ranges, aber Etrusker von Geburt. So dürfte
es sich auch mit den in einem Walde bei Negau in Pettau's Nähe in Steiermark
gefundenen Bronze-Helmen mit etruskischer Schrift verhalten. Sie werden Helme
römischer Soldaten von tuskischer Abkunft sein, die in jenem Walde in einem
Scharmützel umkamen. Auf einem dieser Helme befindet sich neben der Schrift
mit Strichen eine geringelte. Die letztere ist älter als die andere, und dieser
Helm Erbstück einer älteren Geschlechtsfolge, weil die verzierte Schrift die ältere,
die einfache die jüngere ist.

*) Abgebildet in Hormayr's Geschichte Wiens, 1. Band, 2. Heft. Wir ver-
glichen die Schriftzeichen dieser Ziegel mit dem von Gesenius edirtem punisch-
numidischem Alphabet und fanden sie demselben entsprechend. Wahrscheinlich
befanden sich numidische und mauritanische Soldaten unter Alex. Severus zu
Lorch.

**) Zunächst ward Niebuhr von Hormayr (Geschichte von Tirol) mit dem
Grödener Dialecte irre geführt. Allein schon O. Müller, entweder vorsichtiger
oder gewarnt, verwarf diese sprachliche Zeugenprobe und erklärte, wiewohl auch
irrig, die Grödener Mundart für einen französischen Jargon, auch zog er die Angaben Hormayr's von etruskischen Vasenfunden und Anderes mit Recht in Zweifel.
Ein neuerer Schriftsteller verwirft selbst Hormayr's Angabe von einer Quelle, die
den Namen der euganäischen, „il fonte degli Euganei" führen soll. Scheint also
auch eine Erfindung zu sein, wie Kinks Aschenkrüge mit Inschriften zu Matrei.

aus. Hierüber haben wir uns also noch auszusprechen. Als Denkmäler „tuskischer Kunst und tuskischen Kultus" führt Hormayr den i. J. 1797 zu Mauls entdeckten Mithras-Stein an, wozu O. Müller bemerkt: „Dieser Schriftsteller findet es gar nicht be-..„fremdend, dass die Tusker bei ihrer Flucht in die Alpen den „Mithrasdienst mit sich brachten." Unerschöpflich in der Erfindungsgabe versieht Hormayr dieses Denkmal „tuskischer Kunst" auch mit einer Inschrift, die, wie uns der Augenschein lehrte, demselben gänzlich mangelt. Ferner lässt er den Drusus „an „eben der Stelle, wo wahrscheinlich Rhaetiens Schicksal ent-„schieden wurde, eine Brückenschanze und einen festen Thurm mit „einem Vorwerk anlegen, und sagt davon, bis in unsere Tage „haben sie den Namen Pons und Turris Drusi und Praesidium „Tiberii behalten." Alles falsch. Eine Brückenschanze ist gar nicht da, die beiden bei Botzen unter obiger Benennung noch bestehenden Thürme aber haben sich uns als Bauwerke des Mittelalters und Bestandtheile von zu Grunde gegangenen Burgen erwiesen.*) Wie Hormayr, so bezeiget sich auch Graf Giovanelli verschwenderisch freigebig mit Bauwerken der Römer in Tirol. Das Castrum Teriolis befriedigt ihn nicht, sondern er erschafft auch noch aus der Zenoburg und dem Pulverthurme in Meran Römerkastelle und sagt, die unter dem Namen „steinerner Steg" bekannte Passerbrücke daselbst sei „aus ihrer Structur zu schliessen, offenbar ein römi-„sches Werk"**), während sie ein Bau des 17. Jahrhunderts, von dem noch die Rechnungen vorhanden sein sollen. Er sieht um Meran herum jene grossartigen Vertheidigungsanstalten der Reichsgrenze, welche die Römer gegen Einbrüche der Germanen an der Donau angelegt hatten, und lässt den Drusus eine befestigte Brücke über die Etsch erbauen, seinem Namen so entsprechend gross und herrlich, wie etwa Trajan's Donaubrücke.

Wir gehen von diesen und anderen antiquarischen Träumereien zu denen auf dem Sprachgebiete über, wo man die Alpenetrusker ziemlich bis an die Thore Wiens zu erweisen versucht hat. Joh.

---

*) S. Urkundliche Beiträge zur Geschichte der Stadt Botzen im tirol. National-Kalender v. J. 1848. Ob Reisende mit diesen unechten Römer-Bauwerken nicht noch immer mystifizirt werden, steht dahin.

**) S. Giov. Ara Dianae, Botzen 1824.

v. Müller glaubt selbst nicht an die Möglichkeit, das raeto-etruskische Element aus dem Sprachengemenge herausfinden zu können
und sagt vom Latinum in Unterengadein und vom Romanischen
(Churer- oder Kauderwelsch), sie seien kaum besser zu bezeichnen
als es bei Livius V, 33 geschehen ist. Ottfried Müller erkennt
Versuche mit Vergleichung der Sprachen als erfolglos, weil bis jetzt
keine dazu dienliche Mundart in Tirol entdeckt worden sei. Inzwischen hat doch Steub in seinem Buche: „Urbewohner Rhaetiens", München 1848, solche Versuche, zwar nicht an einem der
schweizerischen oder tirolischen Dialecte, in denen auch er Reste
des Raetischen nicht findet, sondern an den tirolischen Ortsnamen angestellt, indem er diese mit etruskischen Personennamen
zusammenhielt. Es braucht wohl keines Beweises, dass diese un-
gleichartige Methode äusserst mangelhaft und unsicher ist, denn
selbst wenn man zugiebt, dass die etruskischen Personennamen
zuweilen von Landschaften, Flüssen, Städten und andern Ortsver-
hältnissen entlehnt sein mögen, so folgt daraus noch nicht, dass
die tirolischen Ortsnamen auf die nämliche Weise wie jene entstanden. Gleicher Ursprung wird nur in wenigen Fällen bei Orts- und
Familiennamen verschiedener Länder anzunehmen sein, etruskische
und tirolische Ortsnamen aber ergeben bei einer Vergleichung fast
nichts, weil die Zahl der ersteren unbedeutend ist und nebstdem
mehrere von ihnen nicht etruskische, sondern umbrische, pelasgische
oder andere fremde Namen tragen. Endlich gewinnt man auch
kein Material aus etruskischen Gattungsnamen, weil sämmtliche
von den Alten uns überlieferte nicht höher als auf einige dreissig
sich belaufen. Während also vom Etruskischen nichts als der
schwache Behelf mit Familiennamen zu Steub's Versuchen geboten
ist, steht diesen bei den tirolischen Ortsnamen auch noch ein
Sprachverderbniss im Wege, welches mehrentheils kaum eine halb-
wegs verlässliche Erklärung gestattet. In dieser Beziehung war
daher Beobachtung der strengsten diplomatischen Genauigkeit bei
den Namensformen eine oberste Bedingniss, welche H. Steub jedoch nicht bloss häufig unberücksichtigt, sondern sogar nicht selten
absichtlich ausser Acht liess, um die raetischen Formen den etruskischen anzubequemen. Von diesem Verfahren hier einige Beispiele.
Ulte, sagt er, ist etruskisch, und daher führen die tirolischen Grafen
von Ulten (und das Thal) den Namen. Allein die ursprüngliche

Form dieses Namens ist de Ultimis und de Ultimo, mit der die spätere Ulten selbst in einer und derselben Urkunde wechselt; zudem wissen wir, dass die Grafen von Ulten ein erst im 12. Jahrhundert entstandener Zweig des Grafengeschlechts der Eppaner waren, aus deren Besitzthum die Burg Eschenloh an die von Ulten überging, daher sich diese auch von Eschenloh schrieben.*) Botzen kömmt zum ersten Male i. J. 379 im Codex Theod. als Bauxare. (vermuthlich für Bauzane verschrieben) vor. Sodann folgen 677 Bauzanum, 740 Pozana, 770 Bozano, 784 Pozanum und Pauzana, 828 Bauzana, 855 Pauzana und sofort durch alle Jahrhunderte. Weder in den uns genau bekannten Urkunden des städtischen Archivs von Botzen, noch in den bischöflichen von Trident, kömmt Vulsana zum Vorschein, eine von Steub offenbar zur Anbequemung an das etruskische Volsinium erschaffene oder einem Dialecte entnommene Form. In ähnlicher Weise verwandelt er Feldthurns bei Brixen in Velthurnisa, obgleich es so nie, sondern zuerst i. J. 1170 Velturnes, dann das gleichnamige Adelsgeschlecht 1180 Velthurns, 1210 ebenso, 1218 ebenso, 1221 Velturnes, 1227 Velturns u. s. w. urkundlich genannt wird. Offenbar ist Feldthurns deutsch, wie Thurnfeld, Feldmoos und Feldkirch in Tirol, und so viele andere Zusammensetzungen mit Feld und Thurn. Wahrscheinlich bekam dieser Ort den Namen von dem alten bei dem Weiler Schrambach in Trümmern liegenden Thurm des Schlosses Feldthurns, dessen Auslaut den Genitiv eines weggelassenen Hauptwortes, vermuthlich Burg oder Schloss, andeuten dürfte. Herr Steub, der nebst einer beliebigen Urformerschaffung auch jede Rücksicht auf die bei Erklärung von Ortsnamen den grössten Einfluss ausübenden Localverhältnisse bei Seite setzt, lässt auch aus dem etruskischen Pricanisa das celtische Brigantium hervorwachsen, „was wir", sagt er, „um so gewisser „behaupten können, als sich für Pricanisa ein beweisendes Analogon „in dem urkundlichen Saruncanes (Sargans) findet." Bei dieser steifen Behauptung ist nun nur die Frage, wie Steub Brigantium in Gallien und ein anderes Brigantium in Hispanien, sodann die

---

*) 1202 Comes Egno de Ultimis. 1215 de Ultim. 1231 de Ultimis. 1234 de Ultimis. 1241 de Ultimis. 1243 de Ultimis, 1253 in einer bischöfl. Urkunde de Ulten und ebendaselbst de Ultimis. 1255 de Ultimo. 1258 de Ultimis. 1268 Henricus Plebanus de Ultimis u. s. w. Wie die Form Ulten entstand, und dass sie nichts mit dem etruskischen Ulte gemein hat, springt in die Augen.

Brigantes in Brittanien, und die Brigantes in Hibernien erklärt. Auch nach der Analogie von Pricanisa und Saruncanes? mithin Rasener von Bregenz bis zum Leuchtthurm von Coruna, und zurück bis in die Karpathen, nachdem H. Steub die Karpathen sowie Herodots Alpis und Karpis ebenfalls für rasenisch ausgiebt, und den Satz aufstellt: „Wir sagen ganz einfach, so weit die raetischen „Ortsnamen gehen, so weit haben ehedem Raetier gewohnt."

Es ist zur richtigen Würdigung der Steub'schen Arbeit, worauf fremde Gelehrte nicht selten sich berufen, von einigem Belang, die leitenden Grundsätze derselben kennen zu lernen; wir heben daher einige hervor. „Weil im Etruskischen kein B, d, g, sagt er, so auch kei-„nes im Raetischen. Die bei lateinischen Schriftstellern vorkommenden „Namen Genauni, Breuni, Brigantium scheinen allerdings dagegen „zu sprechen, allein es hindert nichts in diesen Formen einen rö-„mischen Euphonismus anzunehmen, der die ächten Laute ver-„wischte." Und dann: „In der That finden sich die Anlaute „b und d nur äusserst selten in den Urkunden, und auch „jetzt hat sich die Media nur in Bregenz, Brenner, Brixen und ei-„nigen andern festgesetzt." Wenn der Schlusssatz nicht ein Scherz ist, so beweist er schlagend, wie weit H. Steub sich in den tirolischen Urkunden umgesehen hat. Welche Erklärung es für die Schreibweise der Griechen gäbe, deren Uebereinstimmung mit jener der lat. Schriftsteller als die Regel gelten kann, sagt er nicht. Dagegen erfahren wir den Grund seines Austausches der Anlaute b, d, g mit entsprechenden etruskischen, wenn jene bei raetischen Ortsnamen seiner Deutung widerstreben. Er verbessert ihre Urform und macht sie dadurch etruskisch. So entstand vermuthlich aus Bauzanum Vulsana, aus Genauni sein Cenauni, aus Ganföhr sein Canusura, aus Ganitz sein Canutisa, denn auch das ist ein festgehaltener Grundsatz seines Systems, „dass die raetischen „Städtenamen, wenn nicht ausschliessend, so doch gewiss der Mehr-„heit nach, Feminalformen, und grammatikalisch in jeder Beziehung „gleich mit den (etruskischen) weiblichen Eigennamen waren." Diesem Gesetze ordnet er selbst die deutschen Namen: „Hochtennen" (Berg) und „Hauland" unter, macht aus jenem Cacutuna und aus diesem Cafluna. Celtisches, dessen Bestand in tirolischen Ortsnamen H. Steub gänzlich und so ignorirt, als ob Celten in Raetien nie dagewesen wären, behandelt er ebenso. Der Ausgang weiblicher

Namen im Etruskischen auf sa dient ihm auch bei solchen tirolischen Ortsnamen zum Nachweis, die blos auf S sich endigen. Inzwischen lässt dieses Schluss-S gar keinen Schluss auf eine etruskische
Derivation zu, denn es findet sich ausser Tirol sehr oft auch in
den Ortsnamen anderer österreichischer Länder, z. B. in Niederösterreich und häufig ohne Gestattung des gewöhnlichen Erklärungs-
grundes von Weglassung eines Hauptwortes, wodurch ein Genitiv
in dem mit s endigenden Ortsnamen entstanden wäre. Vom celtischen „Car", einem in allen Alpenländern zur Bezeichnung der
höchsten Bergspitzen üblichen Worte, weiss H. Steub zu sagen,
„es sei nicht zu glauben, dass in Raetien, wo sich keine Spuren
„von der celtischen Sprache finden, ein celtisches Appel-
„lativum so allgemeine Geltung errungen habe, und man wird da-
„her dieses Wort mit allem Rechte dem Rasenischen zutheilen
„müssen." Ferner: „Es sei nicht schwer nachzuweisen, dass dieses
„Car auch in der Sprache der Pelasger Berg bedeute, und derselbe
„Fall mag es mit χάρη gewesen sein, welches im Griechischen nur
„die Bedeutung Haupt habe." Wiewohl ungern auf Nachweise aus
der Sprache der Pelasger, die H. Steub zu kennen scheint, ver-
zichtend, führen wir wegen des griechischen Car hier an, was
Plinius*) darüber sagt, nämlich: Auguria ex avibus Car, a quo
Caria adpellata. Dieses Car, falls es das pelasgische sein sollte,
hat demnach mit dem celtischen von ganz anderer Bedeutung nichts
gemein. Hören wir aber was H. Steub von seinem rasenischen
Car ableitet. Nichts Geringeres als: Gargella, Galgenuel, welches
für Gargenuel stehen soll, Thirgant und Thiergenbach, Grusch,
Schiers, Gretschins und Corzoneso. — — Wir haben zuvor von
gewissen Grundsätzen gesprochen, nach welchen H. Steub bei
Erforschung der raetischen Ortsnamen zu Werke ging, jedoch noch
nicht gesagt, dass zu jenen vorzugsweise der bereitwilligste Verzicht
auf den Stamm der Wörter gehöre. Damit wir mit dieser Aus-
sage keine Zweifel bei den Lesern erregen, führen wir seine eigenen Worte an. Er sagt: „Wir bemerken von vornherein, dass
„wir auf die Stämme selbst wenig Gewicht legen. Der Beweis
„unserer Behauptung ist hauptsächlich in den Derivaten zu suchen.
„Wir können keine Gefährdung der Frage in dem Umstande sehen,

---

*) Hist. nat. VII, 57.

„dass es bei manchen Namen zweifelhaft bleibt, welchem Stamme
„die Derivata unterzustellen."

Wir sind so artig, in dieser Anschauung geradezu eine schö-
pferische Kraft zu entdecken. Wer Ableitungen zu machen im
Stande ist, ohne genaue Kenntniss oder sonderliche Berücksichti-
gung des wesentlichsten Theiles der Wörter, der ist doch wohl ein
Genie! H. Steub hat früher einmal gegen die Meinungsäusserung
höchlich protestirt, dass wegen Abgang gewisser Bedingungen kein
System in seinem Buche zu finden sei. Die bisherige Auseinandersetzung zeigt, dass diese Ansicht offenbar falsch ist, denn wenn
z. B. H. Steub behauptet: „Flims am Vorderrhein sei was Fleims
„bei Trient, Trins (wo?) dasselbe was Trins im Gschnitzthal am
„Brenner, Ems dasselbe was Matsch im Vintschgau, Maladers dasselbe
„was Milders in Stubai, Malans dasselbe was Melans bei Hall, Mels das-
„selbe was Mils bei Hall und bei Imst, Mauls bei Sterzing dasselbe
„was Mals im Vintschgau", so liegt dieser Vergleichung das System
absoluter Indentität ohne alle Widerrede zum Grunde, und die Ver-
schiedenheit der Formen, z. B., dass Mals Malles und Mauls Mau-
les und Mules, Flims Flimme und Fleims Flemum, Malans Malasan
und Melans Melans, Ems Amisium Amede, und Matsch Mazia und
Amazia urkundlich lauten, kömmt dabei so wenig als der Laut-
wechsel bei Herleitung der Ortsnamen Vels, Velthurns, Feldis, Va-
lursa, Valzeina, Villanders, Volters, Vulten, vom etruskischen Vor-
namen Vel, in Betracht. Das angeführte Beispiel von Vel lässt
nach Steub selbst noch andere Derivate zu, denn ist der Vocal
ausgefallen, so geht es in Pl über. Hiernach ist Plamiagg (Berg)
nichts anderes als Velamiaca, der Fläch, ein anderer Berg, ist Ve-
laca, der Plawenbach ist Velavuna, Ulten ist Vultuna.*) Vel bedeutet endlich noch Quelle, Fluss und Meer. Veldidena heisst
demnach Vel di Tituna, d. i. Bach des Titus. Danubius, sagt H.
Steub anderswo, ist Thanuva, der Pyrenäus in Tirol (er meint
den Brenner) und der Pyrenäus in Spanien schöpfen ihren Namen
ebenfalls aus dem gleichen rasenischen Purena. Juvavum in Salzburg und Gavanodunum entspricht dem rasenischen Cavavia u. s. w.

Gegen H. Steub's etymologische Grenzüberschreitung Tirols

---

*) Weiter oben haben wir aber gesehen, dass H. Steub Ulten von Ulte her-
leitete.

lässt sich auch nichts einwenden, nachdem zufolge seiner Forschungen „kein Zweifel mehr sein kann, dass vom Adula bis an die
„Pinzgauer Tauern und in die Gegend von Salzburg und Karwandel
„(in Baiern) bis an den Gardasee ein und dasselbe Volk sesshaft
„war, dass dieses Volk ein und dieselbe Sprache mit den Etruskern
„redete, und dass in Raetien celtische Stämme nie sich
„niedergelassen haben — und dies ist's, was wir uns vor-
„genommen haben zu beweisen. Wir sind auch überzeugt, dass
„die Carner und Noriker, die Helvetier und Rauraker, die westli-
„chen Alpenvölker und die Ligurer ursprünglich rasenischer Sipp-
„schaft waren."
Die Anführung dieser Ueberzeugungen enthebt uns der Mühe,
noch länger nachzuweisen, dass auf dem Sprachgebiete, in wiefern
die Steub'schen Vorlagen etwas entscheiden sollen, Haltbares und
Verlässliches nichts ermittelt ist.*) Dessenungeachtet dürften,
trotz der entgegenstehenden grossen Schwierigkeiten, Restspuren
der tuskischen Sprache in Raetien aufzufinden sein, vorausgesetzt,
dass solche Untersuchungen nicht nach selbstgemachten Prinzipien,
sondern nach streng wissenschaftlichen Vorschriften und nüchtern
gepflogen werden. Die Voraussetzung von derartigen Ausbeuten
lässt sich unbedenklich machen, weil die Existenz der Alpenetrusker in Tirol eine durch Funde von Alterthümern verbürgte Thatsache ist, denn wenngleich die letzteren nur gering an Zahl und
noch geringer von Bedeutung sind, so reichen sie doch hin, um
ein Beweismittel abzugeben. Was übrigens die tirolischen Sprach-
verhältnisse betrifft, so ist vor allem zu beachten nöthig, dass die

---

*) Obgleich dieser Ausspruch durch obige Auseinandersetzung der Steub'-
schen Forschungsmethode gerechtfertigt ist, so wollen wir doch auch das Urtheil
anführen, welches Dennis in seinem schätzbaren Buche darüber fällte. Er sagt
S. XIV, Note 53: „Wie Viele seiner Landsleute*) reitet er sein Steckenpferd zu
„stark, und sucht Analogien aufzustellen, welche Niemand als ein determinirter
„Theorist finden würde. Was für eine Aehnlichkeit erhellt für Auge oder Ohr
„zwischen solchen Wörtern, welche nur auf Gerathewohl seinen Tafeln entnommen
„sind? Carcuna ▬ Tschirgant, Cuca ▬ Tschätsch, Valacarusa ▬ Vollgröss, Ca-
luruna ▬ Goldrain, Calusa ▬ Schleuss, Calunaturusa ▬ Schlanders, Valavuna ▬
Plawen?

---

*) Dennis hält H. Steub für einen Tiroler, er ist aber ein Baier, der mit tirolischen
Sachen mehrfach sich zu schaffen machte.

lateinischen Namen in diesem Lande eine erstaunlich lange, mit den übrigen deutschen Provinzen Oesterreichs ausser Verhältniss stehende Dauer genossen. Das Nämliche gilt vom römischen Recht, ein Beweis, dass Römerabkömmlinge in Tirol länger als anderswo sich erhielten, und die Germanisirung nur langsam und spät sich verbreitete. Diese Erscheinung erklärt sich vielleicht am besten aus den örtlichen Verhältnissen. Im Süden von Tirol sind Berge und Bergthäler von 3000 Fuss Höhe zahlreich bewohnt und sehr gut bebaut. Dahin mag sich während der Völkerwanderung ein grosser Theil der Bewohner der Ebene geflüchtet und, da diese Höhen am spätesten germanischen Zugang gehabt haben werden, sich und das mitgebrachte lateinische Sprachelement dort erhalten haben. Gröden in dieser Höhe, und überdies tief zurückgelegen, dürfte eine solche Zufluchtsstätte der bedrängten Thalbewohner gewesen sein. Diese liessen der nachfolgenden vermischten Bevölkerung das Latein als Erbgut zurück, und gaben mit ihm der Grödener Mundart die Grundlage. Wäre diese vor den Wanderungen der Grödener in fremde Länder nicht schon dagewesen, so würden die in ihre Mundart aufgenommenen Sprachbestandtheile aus dem Italienischen, Spanischen und Französischen sich ihr nicht so schnell und bleibend verbunden haben. Die sogenannten „Rastelbinder", d. i. Kesselflicker, Slaven aus dem Trentschiner Comitate, kommen noch weiter herum in der Welt als die Grödener, denn man begegnet ihnen eben so gut in Konstantinopel als in Wien, Madrid und London, dennoch aber leidet ihre Sprache durch die Berührung mit fremden Völkern solche Veränderungen, wie jener Dialect sie in neuerer Zeit erfuhr, keineswegs. Hieraus erhellt, dass das Amalgam aus den Töchtersprachen der lateinischen Sprache mit der Grödener Mundart daher rührt, dass jene dieser zum Grunde liegt.

Auf dieselbe hier oben angegebene Weise wird sich der Enneberger Dialect gebildet haben, der den Grödenern verständlich ist, und in dessen Wörterfamilie ebenfalls keine etruskische Wurzel steckt. Nichts bezeichnet übrigens die Ausbreitung und den langen Fortbestand der lateinischen Sprache deutlicher, als die im 8., 9. und selbst noch im 13. Jahrh. dagewesenen lateinischen Namen der Alpen in Tirol. In Urkunden des Jahres 788 sind die Alpen Valgrata, Campcaverim, Vallesella, Rinalva und Plancho und in andern von 890 und 974 Sexta, Numeratorius, Fiscalina, Serula, Munaga, Cunisella, Anaganto, Nemes u. s. w. genannt. Im 12. Jahrhundert kommen theils dieselben mit veränderter Schreibweise, theils andere vor, nämlich: Serla, Viscalina, Plancho, Sexta, Anavanto, Valdomuniga, Valserna, Camcaverin, Valeratto, Monteplana, Rivalva, Prages, Valpericla, Vallesella, Maferola, Frontal u. s. w. Selbst die römische Ackerwirthschaft erhielt sich ungewöhnlich lange. In einer Urkunde des 10. Jahrh. ist die Rede von duobus mansis latinis. Unter lateinischen Gütern verstand man solche, die nach den Grundsätzen des römischen Landbaues bebaut wurden, und Lateiner oder Römer wurden die von Römern abstammenden Landwirthe genannt. Diese Unterscheidung in der Culturmethode lässt vermuthen, dass neben der römischen noch eine andere, wahrscheinlich eine celtogallische bestand, weil Plinius die Erfindung des zweirädrigen Pfluges von den Celten in Raetien aussagt, und nicht selten eines abweichenden Verfahrens der Gallier, besonders in der Wahl der Getreidesorten gedenkt. Endlich liegt eine Andeutung hiervon auch in den im Tridentinischen noch heutzutage üblichen celtischen Namen von ländlichem Geräthe. Römerabkömmlinge und römisches Recht können wir noch im 12. und 13. Jahrhundert nachweisen. In einer Urkunde von 1124 die Stelle: In presentia bonorum hominum Teutonicorum et Latinorum, und in einer andern von 1188: Arpo, qui lege se confessus fuit vivere Romana; endlich in einer von 1203: Adalperius Pigelarius et uxor ejus Reilanda de Bulzano, qui professi fuerunt, lege vivere Romana. Wir sehen aus diesen Beispielen, dass, während in Deutschland das ganz verschollene römische Recht im 13. Jahrhundert wieder auflebte, es in Tirol nie untergegangen war. Hatte aber die Romanisirung so tief, wie gezeigt, in Recht und Sitte eingegriffen, so musste sie einen eben so grossen Einfluss auf die Sprache ausgeübt haben, es müssen, da die römische Bevölkerung bis zur Neige des Mittelalters in diesem Lande sich erhielt, nach allen Richtungen und in überwiegender Zahl lateinische Ortsnamen getroffen werden. So ist es in der That, und dies gilt von jenem Landestheile, wo man vorzugsweise die Ortsnamen aus dem Etruskischen glaubt erklären zu können, nicht minder als vom Norden Tirols. Hier von vielen wenigstens einige Beispiele: 707 Flumen Flums, Flemme Flims, Renio Rentsch, Valle cava Valcava, Silva plana. Valendanum Valendan, Tremine Trims, Montaniolas, Monticulus Montigl, Frastenestum Frastenz,

Malasan Malans, Trimons Trimis, Campazh Ripa, Hof, und Bidennis
unbekannt, Castelmures Castelmur, Amorium, Assissum, Apiula,
Lucarne, Clavateloca, Amurcarol, Grantula, Phurenna, Lunih, Fer-
raira. Montaira Montèra, Tosana Tusis. Laude. Nocturnes Na-
turns, Cortzes Kortsch, Sexamnium Schams, Sataines Satiginis Sa-
däus. Solium Solglio. Calcherun Kalchern. Collis Kolls, Alpinum
Albein, Legian Layen. Millun Melaun, Pradell von Pratum. Volares
Volders, Parpian Barbian, Petrazzes Pedrasch. Die Berge: Lanaga,
Aurina, Torento. Trentes und ad torrentes Trens. Varina Varn.
Curinlan. Fundris Pfunders, Fiumis Viums, Tilium Tilliach, Brut-
tes Prutz, Mules Mauls, Vellis Völs, Nouces Nutz, Villetis Vils,
Suffan Siffian, Valgratto Villgraten, Vallis clara Glurns, Treminum
und Terminne Tramin, Missilanum Missian Caldario Kaltern, Vil-
landers Villanders, Terlanum Terlan, Sistrans Sistrans, Olagun Olang,
Punt Pont, das Punt bei Neustift. Morans Moransen, Spiluke Berg-
Valles Valls, Collphusge Kollfusk. — Diese von Graubündten und
Deutsch-Tirol allein genommenen Proben liessen, wäre es nöthig,
eine kaum vermuthete Vervielfältigung zu, denn die sonderbar klin-
genden Namen, welche man nur aus dem Etruskischen glaubt erklären zu können, sind in der Mehrzahl gewiss nur lateinische, von
der schwäbischen Mundart entstellt. Diese herrscht in ganz
Vorarlberg, weil die Angriffe der Alemannen auf dieses Ländchen
schon sehr frühe begannen und unausgesetzt darauf gerichtet waren.
Dass ein gewaltiges Verderbniss von der Zeit an in die lateinischen
Ortsnamen dringen musste, als der Schwabe sie in den Mund
nahm, dass sie vom Zischlaute zerquetscht und ihm analog, uns
aber unverständlich umgestaltet wurden, das ist zu handgreiflich, um
den Anlass und die Ursache ihrer Missbildung zu verkennen. Uebrigens
ist auch der in Tirol herrschenden bojarischen Mundart das Breit-
schlagen der Wörter eigen, denn st und selbst s verwandelt sich
im Munde des Tirolers in scht, auch lässt er häufig Buchstaben
ausfallen und liebt Contractionen, von denen deutsche Wörter zu
Krüppel gemacht werden, daher man sich nur ein wenig in die
Vorgänge mit den lateinischen hineinzudenken braucht, um einzu-
sehen, wie es mit den lateinischen Ortsnamen auf ganz natürlichem
Wege so geworden ist, wie wir es jetzt treffen. Wenn wir wissen,
dass aus Selaunum Schlans, aus Ceipene Tschubina, aus Taurente
Truns, aus Insobre Skanfik, aus Quaravedes Grabs, aus Ciranes

Schrans, aus Nocturnes Naturns, aus Mazia Matsch, aus dem ursprünglichen Sexamnium Scames und aus diesem Schams, aus Vallis
clara Glurns, aus Sbardes Tschars, aus Zeves Tschefs, aus Festa
Taisten, aus Umbrans Amrass, aus Scoubes Schabs, aus Furis
Pfurns u. s. w. hervorging, so schafft uns die blosse Anschauung
der urkundlichen Formen die Ueberzeugung, dass der fremdartige
Klang der deutschen Namen lediglich auf Rechnung der alemannischen
und bojarischen Mundarten, zu denen noch die eigenthümliche ge-
birgische sich gesellte, zu setzen ist, und dass es eine Verirrung
wäre, den Grund dieser Erscheinung im etruskischen, durch die
Romanisirůng ganz abgeschwächten Einfluss zu suchen. Was vom
Etruskischen in tirolischen Ortsnamen sich etwa erhalten haben
mag, ist in Folge der Sprachenmengerei in ein gewiss nie völlig
aufzuklärendes Dunkel gehüllt, leichter aber und sicherer fährt man
mit dem Celtischen, nachdem wir dieses ungleich besser als das
Etruskische kennen und häufig in der Lage sind, celto-gallische,
brittische oder iberische Ortsnamen mit tirolischen vergleichen
zu können. Hier begegnen wir zunächst der auffallenden, die
Oberherrschaft der Celten in Tirol vor der römischen Eroberung
beweisenden Erscheinung, dass fast alle grösseren Flüsse dieses
Landes celtischeNamen führen. Der Isarus die Eisack, und die
Isara die Isar, bedeuten schnelles lebhaftes Wasser, und entsprechen der Isara (Isère) in Gallien. Die Sill (Silus), der grösste
Nebenfluss des Inn, kömmt vom celt. „sil", welches Fluss bedeutet und
mit dem mehrere Ortsnamen zusammengesetzt sind. Silicense flumen
in Hisp. Baetica. Der Inn (Aenus, Enus) wird von „en" — Wasser abgeleitet. Die Stadt Aenus (noch jetzt Enus) an der Mündung
des Hebrus in Thracien. Licus der Lech, von „lig" — Fluss,
correspondirend mit Ligeris (Loire) von „lig-er" der grosse Fluss,
Virdo die Wertach, vermuthlich von „Ver" — Bach, kleiner
Fluss, und die Variante dieses Flussnamens, nämlich Vindo von
„wi, vi" fliessendes Wasser, im gallischen Flussnamen Vindalicus
und im irischen Vinderius wiedergegeben. Vermuthlich gehört
auch der tirol. Weerbach, der einst Goldsand mit sich führte,
hierher, und ohne Zweifel der Lacus Verbanus im cisalp. Gallien.
Der Dravus, die Drau, erscheint im völkerschaftlichen Namen Ambidravi, wie der Lech in Ambilici und der Sontius in Ambisontii.
Pyrrhus, der ältere Name der Rienz und dessen Anwohner die Pyr-

rusten, bedürfen keiner Erklärung, dagegen ist der die Stadt Pyrene nach Tirol versetzende Irrthum auszumertzen. Zéuss hat aus Avienus: Ora maritima nachgewiesen, dass sie am Fusse der östlichen Pyrenäen zu suchen ist. Athesis, die Etsch, von Diefenbach verglichen mit Athiso, Fluss an den Alpen, und mit Atesui, Volk in Gallia Lugd., dürfte um so gewisser celtisch sein, als die Nebenform Atagis bei Strabo und im Narbon. Gallien erscheint, wie weiter oben gezeigt worden ist.*) Von den Bergen ist der Brenner celtisch, wie die beiden auf demselben entspringenden Flüsse, der Eisack und die Sill, es sind; es liegt diesem Namen „bran" Gebirgszug zum Grunde. Aber bei Strabo ist er das Apenninische Gebirge τὸ Ἀπέννιον ὄρος, von Groskurd τὸ Ποίνιον ὄρος emendirt, genannt, offenbar weil Strabo den speciellen Namen nicht kannte. Dagegen unterliegt es keinem Zweifel, dass er unter dem allgemeinen der Apenninen den Brenner wirklich verstand, weil er den Brenner-See und den Ursprung der beiden Flüsse daselbst angiebt. Phylargyrus (ad. Virg. Georg IV.) sagt: Mella amnis in Gallia cisalpina vicinus Brixiae oritur ex monte Brenno, und der Brionswald im Brionischen Gebiete kömmt in den Verhandlungen

---

*) Groskurd (Erdbeschr. des Strabo) I. 356 ist bemüht, das richtige Verständniss der von Strabo IV, 6. angegebenen Flussnamen Isarus, Atagis und Atesinus herzustellen, indem er den Athesinus für die Etsch, den Atagis für den Eisack, und den Isarus für die Isar ausgiebt. Keine dieser Erklärungen ist richtig. Strabo sagt, auf dem apenninischen Gebirge (d. i. auf dem Brenner) befinde sich ein See, aus welchem der Isarus entspringt, welcher mit dem Atagis vereinigt in's adriat. Meer fällt. Aus diesem See kömmt noch ein anderer dem Ister zufliessender Fluss hervor, mit Namen Atesinus. Nun sieht Groskurd zunächst darin einen Irrthum in diesen Angaben, dass Strabo die Quellen der beiden Flüsse aus einem See herleitet. Allein gerade in dieser Beziehung ist Strabo ganz richtig. Auf dem Brenner befindet sich wirklich der Brenner-See, durch welchen der in einem andern kleinen Alpen-See entspringende Sillfluss fliesst, und mit dem Inn unter Innsbruck sich vereinigt, also der Donau wirklich zufliesst. Der Eisack entspringt zwar nicht im Brenner-See, aber auf dem Brenner Höhe, jedoch nicht ferne vom See vorüber und vereinigt sich bei Botzen mit der Etsch. Strabo's Isarus ist demnach die Eisack und sein Atagis die Etsch. Dagegen ist sein Atesinus, dem örtlichen Sachverhalte gemäss, der Silus (Sill), dem Namen nach aber die Etsch, also ▬ Athesis und Atagis, und nur von ihm oder einem älteren Abschreiber verschrieben. — Isarcus, Isargus, Isarchus in Urkunden des 9. Jahrh. und eben damals . . . . usquedum Ambra (die bayer. Amper) cadit in flumen qui dicitur Isara. Jenes Eisack, diese Isar.

des Benedictiner Ordens bei Bouquet, endlich ein Meierhof Brion-nus in einem Erlass Karls des Gr. vor. Von „Bran" Berg oder Gebirgszug von beträchtlicher Höhe, woraus im Deutschen Brand geworden ist, kömmt ferner das 7585 Sch. hohe Brandjoch bei Innsbruck, dann das Brandenbergthal in Oberinnthal, der Brandnerferner und das Brandthal in Vorarlberg.*) „Ross" bedeutet Vorgebirg. Davon der Rossbach-Berg und Rosskogel in Oberinnthal, das Rosskar und der Rossberg im Bezirk Reutte, ein anderes Rosskar und Rosskogel im Bez. Telfs, das Rosskarjoch, Rosskar, Rossruck, Rosskopf und Rosswand im Unterinnthal, und der 5800 F. hohe Rosswagen im Etschkreise, endlich der Rosskopf im Bez. Sterzing. In eben diesem Bezirk der 8555 Sch. hohe Dornberg, und das Dorn-aubergthal im Bez. Zell von „dori" Wald, besonders Eichenwald. Sodann Dornbirn, 956 urk. Dornpurdhi, mit Dornlakus, Name eines gallischen Heerführers, verglichen. Der Katzenkopf im Bez. Nauders, ein anderer im Bez. Telfs und der Katzenberg im Bez. Reutte erklären sich durch das celt. „coti" Wald, welches im Deutschen in Kotze, Katze, verdreht worden ist, und in dieser Um-bildung in sehr vielen ganz sinnlosen Zusammensetzungen zum Vor-schein kömmt. Der Tauren, das Taurer-Joch, der Tauern, der Taurer-Kogel, der Tauernkette-Berg, Tauernthal und Tauernkopf in verschiedenen Bezirken brauchen nicht her-geleitet zu werden. Das Wippthal (Vipitena), dessen Namen sich in einer Nachbarprovinz wiederfindet, erklärt sich aus der Wurzel „vi, wi, gwi" fliessendes Wasser. Das untere Wippthal wird sei-ner ganzen Länge nach von der Sill durchschnitten, und heisst da-her auch Sillthal, das obere ebenso von der Eisack. — Gehen wir bei dieser Untersuchung zu den Ortsnamen über, so erweisen sich fast alle von den Alten in Vindelicien angegebenen als celtisch. Campodunum, Kempten, ist identisch mit dem Campodunum der Brigantier in Brittanien; Brigantium, Bregenz, dasselbe was Brigantium in Gallien und Hispanien; Carrodunum dasselbe was

---

*) Der Brandnerferner führt auch den Namen Sessa plana. Entstand der cel-tische Name nach dem Untergange der Römerherrschaft, so wäre dies ein Beweis von der Fortdauer der celtischen Sprache, wofür übrigens die noch im 9. Jahrh. dagewesenen Breuni bürgen.

Carrhodunum in Pannonien, Artobriga und Abodiacum, Cassiliacum, Barrodurum, Brigobanne und Dracuina, mahnen deutlich an die Verwandtschaft mit Arcobriga, Abobriga, Cassiomagus, Baromacus, Brigiani und Drahonus, während in Raetien Ebodurum mit dem brittischen Eboracum und Ebrodunum übereinstimmt, Ectodunum aber dem Ectini in Gallien entspricht, Tarvesede im gallischen Tarvedum und Tarvenna erscheint, Curia, bei dem vom Lateinischen abzusehen sein wird, mit Curiones und Curiosolites vergleichbar ist, und, wie bereits Zeuss angab, in Taxgaetium der Mannsname Tasgetius bei Caesar, in Matreja Medio-matricum in der Ableitung mit Celeja, Noreja (vielleicht auch in Matrica in Pannon.) wiedergefunden wird. Nebst den Namenscorrespondenzen bürgen für den celtischen Ursprung dieser Ortschaften die Ausgänge in dunum, durum, briga u. s. w. Da „magus" Feld und Schlachtfeld bedeutet*), so erklärt sich Drusomagus als Schlachtfeld des Drusus. Es wird demnach an der Stelle gestanden haben, an welcher Drusus eine vielleicht Raetiens Schicksal entscheidende Schlacht geschlagen hat. Da aber dieser Ort erst nach der römischen Eroberung entstanden sein kann, so beweist sein Name die Fortdauer der celtischen Sprache auch unter den Römern. Nicht von „magus", sondern vom Namen der Göttermutter Maja dürfte Magia und Magenze, d. i. Maienfeld, und Magies, Maja, Castrum Majense, d. i. Mais nächst Meran, herzuleiten sein. Es scheint, dass der Cultus dieser Göttin mehrfach in Raetien verbreitet war und vielleicht schon von den eingewanderten Etruskern eingeführt worden ist. Auch in Mairania, der ältesten Form von Meran vom J. 857, dürfte Maja wurzeln, und, deutete der Ausgang von jenem, wie z. B. im etruskischen Umrana, eine Vervielfältigung an, Meran als Fortsetzung oder Filiale von Mais sich herausstellen, zumal beide Orte nur durch den Passerbach getrennt sind.

Auf der Thöll, einer Anhöhe oberhalb Meran, fand man vor Jahren eine von Tetus, dem römischen Steuereinnehmer der Maiser-Station, der Diana gewidmete Ara. Graf Giovanelli nimmt hiervon Anlass, die Thöll, urk. „Toll", durch Telonium zu erklären. Wir

---

*) Dictionarium scoto-celticum: a Dictionary of the Gaelic language. Edinburg 1828 p. 611. Magh. — campus, planities, proelii campus; a field of battle.

glauben richtiger sei eine Ableitung vom celtischen „Toll", d. i.
Zoll, weil wir den Umlaut von diesem Worte genommen sehen.
Doch wäre eine Umbildung in Thelonium im Mittelalter, vielleicht
nachdem das celtische Toll verloren gegangen war, oder auch
jenes als blosse Uebersetzung von diesem, möglich, wie dies z. B.
so vorkömmt: .... aliquod thelonium, quod teutonice dicitur: „Zol".
In der Inschrift des erwähnten Denkmals nennt sich Tetus einen
Praepositus Stationis Majensis Quadragesimae Galliarum. Nach
Giovanelli läge in den beiden Schlussworten die Andeutung von
Abgaben in der Weise und in dem Masse, wie solche zuerst in
Gallien eingeführt wurden. Wir dagegen sehen in Quadragesimae
Galliarum eine Ellipse, die ergänzt die Lesart: Quadragesimae
omnium mercium trium Galliarum geben würde. Die tres Galliae,
von denen die Abgabe des vierzigsten Theiles von den durchge-
führten Waaren an der Thöll zu entrichten war, sind vermuthlich das narbonensische, lugdunensische und aquitanische, denn das
belgische Gallien dürfte kaum mit Raetien in einem Verkehr gestanden
haben. Eckhel Doctrina etc., eine Münze mit der Umschrift Tres
Galliae beibringend, führt wegen Belgiens Ausschluss noch einen andern
Grund an, und bemerkt, dass diese Weglassung des vierten Galliens
nicht selten auch auf Steindenkmälern getroffen werde. — Resch,
Ann. Sab., bezieht das urkundliche Thaurane des 9. Jahrh. auf Terlan, indem er Thaurlane liest, allein da diese Form für Terlan
nicht wieder vorkömmt, und dieser Ortsname ganz lateinisch klingt,
so wird jenes Taurane das uralte Thaur bei Hall sein, dessen
celtischer Name unbestritten ist. Der nämliche Schriftsteller bemerkt vom Ortsnamen Gufidaun: Cubidunes, Gouvedun, in valle
norica, nomen celticum, quippe Cuf sive Guff convexum, dun vero
altiorem collem significat, consentiente etiam Cluverio p. 460 n.
268. Algund (urk. Alegunde), Dorf auf der Thöll, celt. von „al"
gross, und „gund" Wald. Vermuthlich begann die Waldregion des
Vintschgau einst auf dieser Anhöhe. Auch das 1154 urk. genannte
Dagunda wird hierher gehören. Kardaun (10. Jahrh. Cardun)
erinnert den G. Giovanelli an Carodunum. Der Kardaunerbach,
das Kardaunereck, Karneid, der Karer-See und Karer-
Wald, sämmtlich in der Umgegend von Botzen, lassen sich nur
aus dem Celtischen „car" und „dun" erklären. Da ebendort auch
Kampill (Campille) und Kampenn vorkommen, so ist auch bei

diesen Namen an das celt. „cam" und „en" und nicht an eine romanische Form zu denken. Zu ihnen gehört ohne Zweifel Kamp der Fluss, Kamp das Dorf, und Kampless, Dorf in Niederösterreich. Celtische Ortsnamen um Botzen herum, wo die Isarci sassen, und der Isarcus sich in den Athesis mündet, können um so weniger auffallen, als diese Stadt zwischen Trient, wo cenomanische Localgottheiten verehrt wurden, und Brixen, in welchem das cenomanische Brixia sich erneuerte, gleichsam in der Mitte liegt. Vom Fortbestand der celtischen Sprache nach der Römerzeit zeugen auch Brixen und Sterzing. Jenes erwuchs aus dem 991 urk. genannten kön. Meierhofe Prichsna, wenn nicht das schon 828 vorkommende Pressoua Brixen ist; Sterzing aber ist das noch im 10. Jahrh. urk. erscheinende Wipitena, woraus folgt, dass man kein röm. Sterciaco oder Sterciana voraussetzen kann, sondern diesen erst im 13. Jahrh. auftauchenden Ortsnamen vom celt. „ster", d. i. Canal und Canalbau, wird herleiten müssen. Diese Bezeichnung entspricht der noch heutzutage ringsum versumpften Lage dieses Orts, bei dessen Entstehung um so gewisser Wasserbauten nöthig waren. Wie liessen sich die celtischen Namen dieser beiden Städte erklären, wenn nicht die Sprache geblieben wäre, oder doch ein Theil ihres Wörterschatzes bei der deutschen Bevölkerung das Bürgerrecht erlangt hätte? Mone, Bad. Urgesch., bemerkt, dass am Bodensee noch im 4. Jahrh. celtisch gesprochen wurde, denn die Linzgauer werden als ein noch bestehendes Volk von Ammian genannt. Vom Brennergebirge und dem Wippthale gilt das noch im 9. Jahrh., denn das ist ein sicherer Beweis vom Fortbestande der celtischen Sprache bei den Breuni, dass Quartanus, der i. J. 828 eine Schenkung an das Kloster Innichen machte, ausdrücklich seine Nationalität in der Urkunde anführt: Ego Quarti nationis Noricorum et Pregnariorum (Breunorum) dono, trado etc. Offenbar ward der Süden Tirols, namentlich das eigentliche Raetien, rascher und allgemeiner romanisirt, als der Norden. Veldidena, d. i. Wilten bei Innsbruck und dieses selbst, dürfte sprachlich wohl nie erklärt werden, nachdem „vel" etruskisch, celtisch und lateinisch ist, auch frägt es sich, ob diese bloss aus dem It. Ant. bekannte Form uns unverderbt überliefert worden sei. Inzwischen spricht für den celtischen Ursprung dieses Ortsnamens ein bisher unbeachtet gebliebener Umstand. Gleich hinter Innsbruck und Wilten erhebt sich der Berg

Isel, dessen Name celtisch ist und „niedrig" bedeutet, was mit der geringen Höhe dieses Berges vollkommen übereinstimmt. Iseller heisst Niederland. Da nun der Berg, an dessen Fuss Veldidena lag, einen celtischen Namen führt, so ist es doch wohl sehr wahrscheinlich, dass dieser Ort selbst eine Anlage der Iselbewohner war, die vermuthlich zu den vom Brenner bis zum Inn herüberreichenden Breuni gehörten. (Oenum Breonis Ven. Fort.) Wahrscheinlich war Veldidena der Hauptort derselben, denn Brunecken, welches man wohl blos des Anklanges wegen dazu macht, führt den Namen von seinem Erbauer, Bischof Bruno von Brixen, und wird im J. 1256 zum ersten Male urkundlich genannt, auch hat man zu keiner Zeit Spuren einer ältern Ansiedelung daselbst entdeckt, wozu noch kommt, dass Brunecken im Pusterthale liegt, wo Pyrrusten und Ambidraver, nicht aber die Breuni hausten. Eben dort fliesst der „zahme und stille" Iselbach, nachdem er sich mit dem tosenden Tauernbache, welcher die Fernerabflüsse des Tauernkammes sammelt, bei Windisch-Matrei vereinigt hat. Der Iswald, 1202 Cod. Wangianus, erklärt sich ebenfalls von „is" — niedrig, mithin der Niederwald. Wenn H. Steub behauptet, in Tirol gab es nie Celten, so sollte, wie es hier geschehen ist, mindestens in einigen, wenn gleich nur flüchtig aufgelesenen, Ortsnamen das Gegentheil von Bregenz bis Innsbruck nachgewiesen werden. Kommt es je zu einer gründlichen und umfassenden Behandlung der tirolischen Ortsnamen, so wird damit ein trefflicher Beleg für die gewiss richtige Ansicht gewonnen sein, dass, wie im Noricum, so auch in Raetien, die Celten vor der Römerzeit das herrschende Volk waren, und die tuskische Colonie des Raetus neben ihnen nur eine untergeordnete Rolle spielte, dass die Alpenetrusker so wenig als die der Ebene neben den, überall selbst in Griechenland, siegreichen Celten sich zu behaupten vermochten. Von dieser Herrschaft über die eingebornen Völkerschaften zeugt die im ganzen österreichischen Alpengebiete nachweisbare Münzprägung der Celten, während von einer eben solchen tuskischen oder sogenannten rasenischen in Tirol nicht die geringste Spur getroffen wird, ein Beweis, dass zwischen Raetien und Hetrurien seit der Celteneinwanderung in Italien nicht einmal eine Handelsverbindung bestand, und nebstdem ein bestimmtes Anzeichen, dass in den Händen der kleinen raetischen Völkerschaften, deren Räuberhandwerk und Paupe-

rismus von den Alten gleichsam als die einzigen nationalen Merk-
zeichen hervorgehoben werden, Macht und Herrschaft im Lande nicht
lagen. *)

Entscheidet in dieser Frage auch der Kultus etwas, so ist zu
bemerken, dass vom celtischen der Jupiter Taranus und die Götter Bergimus und Caute durch Steinschriften verbürgt sind. Dagegen erscheint der im angrenzenden Noricum öfter genannte Apollo
Belenus in Tirol nicht; wenn nicht etwa im Greiner-Ferner
eine Andeutung davon liegt. „Grian" ist irisch Sonne, und die aus
diesem Worte gebildeten Ortsnamen beziehen sich auf den Sonnen-
dienst des Baal. An den Taranus erinnert wohl auch das Schloss
Tarantsberg im Meraner Bezirke. Das Johannes - oder Sonnenwendfeuer deutet allerdings auch auf den celtischen Religionsdienst
hin, allein es ist Tirol so wenig als das Kreidenfeuer ausschliessend eigen, denn jenes besteht in allen österreichischen Alpenländern, dieses aber war noch unter K. Maximilian II. selbst in Niederösterreich in Gebrauch. **) Denkmäler tuskischer Göttervereh-

---

*) Der Erwähnung werth ist eine zu St. Georg ob Murau in Steiermark ge-
fundene Steinschrift mit dem celtischen Namen Adname. Derselbe Name erscheint auch auf der Umschrift einer celtischen, ebenfalls in Steiermark erhobenen
Münze. Wer könnte nach dieser Uebereinstimmung beider Denkmäler noch zwei-
feln, dass die noch vor nicht sehr langer Zeit unter dem Collectivnamen Numi
barbarorum begriffenen celtischen Münzen solche wirklich sind? Wir fügen hier
bei, was Mone (Urgeschichte) von obigem Namen mittheilt. Er sagt: „Adnamet
heisst nach jetziger gälischer und irischer Sprache grosser, starker Feind oder
Krieger." Der steirische Adname wird also ein durch gelungene Kriegsthaten her-
vorragender Häuptling der norischen Celten gewesen sein, der einzige, den wir durch
Mone's Aufklärung für die innere Geschichte Noricums gewonnen haben. Vielleicht ist aber Vocio, den Cäsar einen König Noricums nennt, selbst nur ein solcher
Häuptling gewesen. Solcher Häuptlingsmünzen giebt es übrigens viele.

**) Das Kreidenfeuer ist ein Feuersignal auf Bergen, womit allgemeine Drang-
sale, namentlich feindliche Einfälle, allen Bewohnern des Landes bekannt gemacht
werden. In den amtlichen Vorschriften von 1537, 1689 u. s. w. und bei Val-
vasor kommen verschiedene Namensformen vor, nämlich: Kreuden-, Khreutt-,
Kreutz-, Kreysfeuer. Ob dieser Name nach Scherg-Oberlin, Gloss. medii
aevi, von kreyen ⸗ clamare, oder kreide ⸗ fletus, oder nicht etwa vom celtischen creig, d. i. Fels, abzuleiten sei, stellen wir mit der Bemerkung in Frage,
dass die bei den Celten üblich gewesenen Bergfeuer zum Religionsdienste einen
anderweiten Gebrauch mit grosser Wahrscheinlichkeit voraussetzen lassen. Zusammensetzungen deutscher Wörter mit celtischen kommen übrigens in Oesterreich häufig vor.

rung sind uns keine erhalten, was wohl nebenbei auch beweist, dass die Kunst keiner sonderlichen Pflege bei den Alpenetruskern sich erfreute; übrigens diente der zu Cembra gefundene Metallkessel mit der Inschrift zuverlässig zu gottesdienstlichen Verrichtungen. Weswegen der Matreier Diskus nicht als Gebrauchsgegenstand des Gottesdienstes angesehen werden kann, haben wir früher schon bemerkt, doch ist noch zu erwähnen, dass Dennis nach Cavedoni angiebt, ein mit dem Matreier Spiegel ganz gleiches Exemplar, und anscheinend vom nämlichen Künstler, sei in Castel Vetro bei Modena gefunden worden. Hiernach ist der Matreier Spiegel offenbar kein tirolisches, sondern ein italisches Erzeugniss, und entweder geraubt oder erhandelt.

An den räuberischen Einfällen der raetischen Völker in Jtalien haben ohne Zweifel auch Celten Theil genommen, irrig aber ist die Meinung, Kaiser Augustus habe die Bezwingung der Alpenvölker blos jener Einfälle wegen beschlossen. Diese Unternehmung war gewiss Eingebung einer höheren politischen Anschauung, zufolge welcher es für Roms Herrschaft so lange keine Sicherheit des Bestandes gab, als die Alpenvölker unbezwungen blieben. Damit man in Rom ruhig schlafen konnte, musste der Reichslimes bis an die Donau vorgeschoben und diese selbst gewaltig befestigt und verwahrt werden, was noch unter Augustus geschah und von allen besseren Imperatoren fest im Auge behalten wurde.

Für die Unterwerfung Raetiens war Drusus ausersehen worden. Im 16. Jahre v. Chr. zog Drusus durch die tridentinischen Alpen, dem rechten Ufer der Etsch auf den Anhöhen bis nahe an Botzen folgend. Hier führte er das Heer an den Fluss herab, schlug bei dem heutigen Sigmundskron über denselben eine Brücke (Pons Drusi der Peut. Tafel) und setzte den Marsch sodann abermals auf den Bergen, dem rechten Ufer des Eisack entlang, über Brixen hinaus bis zum Brenner fort. Er erneuerte den Krieg in der nämlichen Richtung im nächsten Jahre, und vermuthlich gelang erst jetzt die Bezwingung der Breuni und Genauni, die, wie es scheint, den stärksten Widerstand leisteten. Gleichzeitig griff Tiberius die Vindeliker auf dem Bodensee an, nachdem er Schiffe hatte auffahren lassen, vermuthlich um die ihrigen wegzunehmen, und schlug am Lech, ohne Zweifel von Drusus unterstützt, eine

5 *

Hauptschlacht. *) Entgegengestellt hatten sich die Raetier schon in
den tridentinischen Alpen, aber weder hier noch am Lech vereint,
daher die Römer hauptsächlich einen Positionskrieg geführt haben
werden, wobei ihnen immer noch Zeit zur Zerstörung der zahlreichen Burgen blieb. In die Seitenthäler mögen sie wohl erst bei
der zweiten Kriegsexpedition gedrungen sein. Es ist gewiss unrich-
tig, diese Unternehmung mit H. Kinks Anschauung für eine Spie-
lerei auszugeben, weil Dio Cassius davon berichtet: Drusus ....
Rhaetos apud Alpes Trid. haud magno certamine fudit, und Tiberius: dissipatos aggressus haud difficiliter exiguis proeliis de-
levit, denn die örtlichen Schwierigkeiten, verbunden mit einem gewiss heftigen und zähen Widerstande, machten sie vielleicht viel
anstrengender und gefährlicher als eine offene Feldschlacht. Flo-
rus schildert sie daher gewiss richtiger, wenn er (II, 95) davon
sagt: Quippe uterque, divisis partibus, Rhaetos Vindelicosque ad-
gressi, multis urbium et castellorum oppugnationibus, haec non di-
recta quoque acie, feliciter functi, gentes locis tutissimas, additu
difficilimas, numero frequentes, feritate truces, majore cum peri-
culo, quam damno Romani exercitus, plurimo cum earum sanguine,
perdomuerunt. Man wird nicht irren, die Unternehmung der beiden römischen Feldherren in der Art des Angriffs und der Verthei-
digung aus dem nämlichen Gesichtspunkte wie den Krieg in Tirol
von 1809 aufzufassen, und das Gelingen derselben blos dem Umstande zuzuschreiben, dass die raetischen Völkerschaften keinem gemeinsamen Operationsplane folgten, sondern jede von ihnen blos
das eigene Gebiet vertheidigte. Ein Gesammtraetien gab es ja nur
dem Namen nach. Offenbar hatte das ganze Land eine Kantonal-
verfassung mit Häuptlingen an der Spitze der einzelnen Völkerschaften. Das Alpentrophäum legt diesen Sachverhalt klar dar, auch
wissen wir aus demselben, und nur allein aus ihm, wie weit Drusus vorgedrungen. Nicht weiter als bis in das salzburgische Pinzgau, weil in jenem Verzeichnisse der besiegten Völker von allen,
welche dem Noricum angehören, blos die Ambisontier angeführt

---

*) Das schon erwähnte Drusomagus, d. i. Schlachtfeld des Drusus, könnte
nicht den Namen dieses Feldherrn führen, wenn Drusus nicht auch am Lech ge-
kämpft hätte. Es kann nur in Vorarlberg gesucht werden, wenn es nicht Druis-
heim bei Donauwörth sein sollte.

sind. Für die österreichische Geschichte ergiebt, sich hieraus die Schlussfolge, dass Innerösterreich und Nieder- und Oberösterreich sammt dem salzburgischen Flachlande, der römischen Herrschaft schon unterworfen waren, als Drusus in das salzburgische Gebirgsland einbrach. Nicht, wie bisher geglaubt wurde, Drusus, sondern Publius Silius, der, während Drusus in Raetien einfiel, mit seiner Heeresabtheilung sich dem Noricum zuwendete, bezwang und unterwarf dieses Land, zum Theil, wie es den Anschein hat, auf friedlichem Wege. Welche Anstrengungen dagegen Raetiens Eroberung verursachte, lässt sich deutlich aus der Wegführung der ganzen jungen waffenfähigen Mannschaft abnehmen. Dio Cassius bemerkt diesfalls Folgendes: Quia vero populosa erat gens Rhaetorum, videbanturque bellum denuo tentaturi, maximam ejus et aetate validissimam partem inde abduxerunt, iis relictis, qui et colendae regioni sufficerent et ad bellandum non satis virium haberent. Die Durchführung dieser harten Massregel muss eine gewaltige Abschwächung der raetischen und celtischen Nationalität, und Römeransiedelungen in Menge zur Folge gehabt haben. Auf beiden Umständen mag wohl die späte Erhaltung der römischen Bevölkerung und die allenthalben verbreitete Romanisirung Tirols beruhen. Der gänzliche Untergang der tuskischen und euganäischen Stämme wird sich übrigens viel früher als der der Celten zugetragen haben, weil von jenen nicht wie von diesen noch im Mittelalter die Rede ist. Wie langsam die Germanisirung Tirols fortschritt, haben wir bereits oben gezeigt, aber noch nicht den Irrthum der neuesten Geschichtschreibung von allseitiger Verbreitung der Germanen in den Süddonauländern schon im ersten und zweiten Jahrhunderte unserer Zeitrechnung besprochen. Obgleich dieser Ansicht schon für sich allein die ausserordentliche Sorgfalt und Anstrengung der Römer entgegensteht, um diese den Schlüssel zu Italien bildenden Länder vom germanischen Zugang abgesperrt zu erhalten, so erfährt sie auch noch eine schlagende Zurückweisung durch die Monumente aus der Römerzeit. Eine nicht geringe Zahl celtischer Namen auf Inschriften und celtischen Münzen der ersten Jahrhunderte n. Chr. dringen die Ueberzeugung auf, dass keine Germanen da waren, und die römischen Provinzialen Noricums und grösstentheils auch Raetiens, wie vor der Eroberung so bis zum Untergange des weströmischen Reiches, aus Celten bestanden.*) Dem steten Begehren der germanischen Völker, Wohnplätze im Reiche zu erhalten, scheinen die Römer lieber noch am Rhein als an der Donau nachgegeben zu haben, offenbar weil Italiens Nähe die Gefahren einer Invasion von dieser Seite her grösser machte, als von anders woher. Bei der Völkerwanderung ging die Zugslinie auch wirklich von der Donau nach den Alpen und von hier nach der italischen Ebene. Es wäre also gegen alles Interesse der Römer gewesen, Noricum und Raetien zum Sammelplatze derselben gefürchteten Feinde zu machen, gegen welche die ungeheure Donaubefestigung von Petronell bis Passau errichtet worden war.**)

Unterstützt von dem Schweigen der Geschichte, welche nichts von germanischen Colonisten in Noricum weiss, lässt sich aus dem Umstande, dass auch die Römer die Alpen als das natürliche Bollwerk Italiens erkannten, der sichere Schluss einer beharrlichen Abwehr der Germanen von den Provinzen Noricum und Raetien in den ersten Jahrhunderten und so lange ziehen, als Rom den Reichslimes zu schützen vermochte. In diesen Ländern wird daher die Einwanderung der Germanen in Masse nicht über die Mitte des vierten Jahrhunderts zurückreichen, während um jene Zeit an Gründung eines germanischen Staates und an das Aufgehen der älteren Bevölkerung in demselben noch gar nicht gedacht werden kann. Tirols Germanisirung beginnt also erst von dem Zeitpunkte an, von welchem der alemannische und bojoarische Staat seine Gründung datirt; bis dahin war dieses Land seit Roms Verfall blos ein Tummelplatz barbarischer im Durchzuge begriffener Völker, unter welchen sich aber auch die ursprünglichen Bewohner bedeutend verloren haben mögen. Endlich gingen diese unter den Longobarden, Franken und Baiern so vollständig unter, dass vom tuskischen, celtischen und römischen Blute in den Adern der Tiroler von heutzutage gewiss kein Tropfen mehr sich bewegt. Die

---

*) Die Belege zur Angabe von Römermonumenten mit celtischen Namen im 1. Hefte der histor. Vereinsschriften der Steiermark. Celtische Münzen im Johanneum zu Gratz, im k. k. Münz- und Antikenkabinet zu Wien, und in allen Provinzmuseen der deutschen Länder Oesterreichs, ja selbst im Prager Landesmuseum aus böhmischen Fundorten.

**) Die römische Befestigungslinie fing nicht bei Passau, sondern bei Petronell und Altenburg (Carnuntum) an. Von hier bis Passau zog sich der nämliche Saum von Festungswerken hin, den wir unter dem Namen Teufelsmauer kennen.

Wälschtiroler stammen von abtrünnigen Deutschen, nämlich von den Longobarden ab, die übrigen Tiroler sind Schwaben und Baiern, und als solche an den beiden herrschenden Mundarten leicht erkennbar. Tusker- und Römersprösslinge leben nur im Gehirne Solcher, die auf Giovanelli's antiquarische Unfehlbarkeit oder Steub's Etymologien schwören, oder wohl gar zwischen den Wälschtirolern, Ennebergern, Grödenern u. s. w. und den Romanen der Walachei eine Stammesverwandtschaft entdecken.

Bei einem Rückblick auf die bisher gepflogene Untersuchung ergiebt sich, dass die Erschaffung des angeblichen Alpenvolkes der Rasener, aus denen in Italien die Etrusker hervorgegangen sein sollen, nicht Geschichte, sondern Fiction ist. Die Etrusker sind tyrrhenische Pelasger und weiter nichts. Ihre Einwanderung nach Italien erfolgte auf dem See- nicht auf dem Landwege. Sie kamen von der lydischen Küste, nicht aus dem Norden und den tiroler Alpen. Morgenländisch sind ihre Kunstdenkmäler, ihre gottesdienstlichen Gebräuche, ihre staatlichen Einrichtungen, folglich können sie kein nordisches Volk sein. Weder der Norden noch die Alpen haben etruskische Kultur aufzuweisen. In Italien verschmelzen die Tyrrhener mit einem Theile der besiegten Umbrer und den vor ihnen da gewesenen älteren Pelasgern zu einem — zum etruskischen Volke. Für Verwerfung der Fluchtsage von Raetus und seinen Schaaren giebt es keinen zureichenden Grund, nachdem von dem Einfalle der Gallier in das Poland auch Ligurer in die Alpen und Apenninen gedrängt wurden, und jene den ebenfalls aus Italien vertriebenen Euganäern lange vorher zur Zufluchtsstätte gedient hatten. Die Alpenetrusker nahmen keinesweges ganz Raetien ein, sondern wohnten neben und zwischen Euganäern, Ligurern und Celten. Die Hauptabtheilungen dieser Völker zerfielen in viele kleine Stämme, die sich den gemeinsamen Namen Raetier beilegten, aber keine Nation bildeten. Falsch ist es also, unter der Gesammtbenennung Raetier durchweg Etrusker zu verstehen oder zu sagen: so weit Raetien, so weit die Etrusker. Vollends verwerflich und Unsinn ist die behauptete Ausbreitung derselben über Raetien hinaus in die Nachbarländer und Germanien. Die Alpenetrusker sind vielmehr, sammt den übrigen nicht celtischen Völkerschaften, auf Rhaetia prima, oder das eigentliche Raetien, im Gegensatze zu Rhaetia sesunda oder Vindelicien, zu beschränken; doch lässt sich